연결로 끝나는
고립생활

추승현

목차

고립의 개요

고립의 원인

고립에서 벗어나기 위한 노력

소속감과 연결

고립청년을 위한 이해와 지원

재고립의 위험과 해결책

고립의 개요

고립에 대한 개괄

단어 정의

현재 고립과 은둔을 구분하려는 시도가 있으나 이에 대한 명확한 구분은 아직 없다. 나는 이와 관련한 전문가도 아니고, 여기서 명확히 구분하고자 하는 것은 아니다. 그렇지만 책에서만큼은 단어를 통일하고, 내가 가진 생각을 이야기할 필요성을 느낀다. 현재 은둔형 외톨이는 어감이 좋지 않다는 이유로 고립·은둔을 혼용하고 있다. 대신 집이나 방에서 머무르는 등 문제가 심각하다고 판단할 때 은둔이라는 용어를 쓴다.

고립·은둔을 고립으로 한 번에 쓰는 편이고, 구분하고 싶을 때 은둔을 따로 쓴다. 고립 문제에 접근할 때 전략적으로 생각할 필요가 있다고 생각했다. 고립감을 느끼는 것은 많은 사람이 겪는 일이다. 사회에서 자신이 이해받지 못했다고 생각했을 때 고립되었다고 느낄 수 있다. 사실 고립을 택하는 이유는 사회에서 이해받지 못했기에 하는 선택일 수도 있다.

그렇지만 고립 당사자는 명백히 구분할 필요가 있다. 많은 전문가나 책에서는 우울증과 같은 다른 특정 원인으로 고립된 경우에는 당장 고립 당사자로 보지 않는다. 그 원인을 해소할 경우 고립에서 벗어날 가능성이 높기 때문이다. 다른 원인으로 고립 당사자를 이해하려는 태도는 문제를 왜곡을 시키는 현상을 낳는다.

고립과 은둔은 별 차이가 없을 수 있다. 깊은 고립 상태에 빠진 당사자는 스스로를 은둔에 빠져 있다고 표현하는 경우도 있다. 물론 증상에 대한 명확한 처방을 위해서는 구분이 필요하지만, 이 책이 시도하고자 하는 것은 고립 문제에 대한 사회적 인식을 넓히려는 것이다. 물론 그렇다고 고립에 대한 잘못된 사실을 알려주어서는 안 될 것이다. 그렇지만 단어 정의의 문제는 그것과는 거리가 멀다고 여긴다. 그렇기에 책에서는 필자가 쓰는 기존의 방식대로 고립과 은둔 모두 고립이라는 단어로 통일

해서 사용하려고 한다. 다만 이것이 답이라고 주장할 생각은 없다.

고립의 기준

고립과 은둔을 유의해서 볼 필요가 있다. 둘은 다른 처방이 필요하다. 은둔의 경우에는 무엇보다 그 사람에 대한 지지가 우선이다. 이때의 지지는 특히 1:1로 이루어져야 한다. 이는 은둔 청년, 청소년 당사자를 지원하는 기관인 〈사람을 세우는 사람들〉에서 세우는 주된 방침이다. 이렇듯 당사자마다 처한 환경이나 생각이 다르기 때문에 대상을 분리할 필요가 있다. 어떤 경우 은둔 당사자와 고립 당사자를 섞어서 프로그램을 함께 하는 경우도 있다. 이 경우 은둔 당사자에게 역효과를 불러일으킬 수 있다.

증상과 처방이 다르더라도 어느 정도 고립과 은둔을 연관지을 수 있다. 나는 고립 생활 초반에 은둔을 하다가, 이후에는 고립과 재고립을 반복했다. 작가지망생이었기 때문에 니트로 분류될 수 있었으나 구직 활동을 할 생각이 없었기 때문에 정부에서 지원하는 취업 관련 사업에는 관심이 없었다. 가족은 소득활동을 하고 있기 때문에 저소득층 관련 지원과도 거리가 멀었다. 그렇다고 최근 청년 소외계층으로 분류되는 자립준비청년이나 가족돌봄청년도 아니다. 2024년에 들어 정부 차원에서 고립청년을 지원하려는 움직임이 있다. 내가 고립해 있던 2010년도에는 당사자에 대한 지원이 없었다. 당시에는 이 문제가 사회적으로 이슈되지 않았고, 지원체계가 여러모로 부족했다.

고립 경험이 있다고 이야기하면 그런 사람으로 보이지 않는다는 말을 듣고는 한다. 고립 경험을 했던 당사자에게도 그런 말을 하는 장면을 보고는 한다. 그런 말이 고립하는 사람에게서 예상되는 부정적인 모습이 느껴지지 않는다는 것임을, 그러니까 적극적이고 밝다는 것을 이야기하고 싶어 한다는 것을 안다. 고립은 그 사람이 가진 성격이나 기질과 관계없이 이루어진다. 상대적으로 내향적인 사람이 고립되기 쉽지만, 누구나 겪을 수 있는 일이다. 그렇기에 고립 경험자를 두고 고립을 경험했을 것 같지 않다고 말하기 전에 고립의 굴레가 얼마나 무겁고, 그것이 미치는 영향에 대해 고민할 필요가 있다.

니트 당사자나 고립 당사자 모두 그 사람이 가진 장점이 있다. 그렇지만 그것이 사회에서 수용이 되지 않기 때문에 겉돈다. 니트의 경우에는 그것을 받아 들여주는 집단이 있으면 능력이 발휘되기 쉽다. 반면에 고립 생활을 한 경우에는 그런 재능을 발휘할 기회가 없어서 발현되지 않다가, 사회에 나오면서 발현된다. 그렇지만 고립했던 사람들은 사회 생활이 미숙할 수밖에 없다. 사회에 대한 두려움도 갖고 있다. 대신 그렇지 않은 척 위장하는 것일 뿐이다. 『커버링』에서는 성소수자인 저자가 다른 사람이 의식하지 않음에도, 자신의 정체성을 숨기는 이야기가 나온다. 누군가가 나서서 비하하거나 조롱하지 않음에도 자신도 모르게 자신의 정체성을 숨기는 것이다. 이는 사회 생활에 대한 간접적으로 끼칠 수 있는 패널티가 두렵기 때문이다. 고립 당사자에게는 이것이 사회 생활을 경험하지 않았다는 약점을 숨기는 행동으로 나타난다.

지금으로서는 고립을 판단하는 척도가 분명하지 않기에 고립 중인 사람을 구분하기는 어렵다. 마음만 먹으면 고립 중이라고 속일 수도 있다. 그렇지만 고립 중인 사람은 기본적으로 사람을 대하기 어려워 하고, 사회 생활을 어려워 하는 태도가 있기에 아예 분별할 수 없는 것은 아니다. F는 고립 경험이 메리트가 되어서는 안 된다고 주장하기도 했다. 고립 경험이 있는 대상에게 지원이 가는 경우도 있기 때문에 하는 이야기다. 많은 당사자는 자신의 고립 경험을 그렇게 내세우고 싶어 하지 않는다. 만일 지원을 받을 수 있다면 그때는 어느 정도 드러낼 수 있겠지만, 어느 자리에서 그것을 공공연하게 이야기하기를 어려워 한다.

고립의 정도를 파악하기 위한 척도로 3개월 내지 6개월 간 사람과의 접촉이 적은 경우를 고립의 기준으로 판단한다. 이것은 고립의 징후가 있는 최소한의 기준을 제시한 것이다. 단기간 고립을 하는 것도 고립이다. 그렇지만 그 후 다시 사회로 돌아갈 경우 기존에 사회에서 활동하던 기억이 남아 있으므로 쉽게 회복될 가능성이 높다. 그러나 장기간 고립을 하거나, 고립이 반복되는 경우에는 이야기가 다르다. 이미 사회적인 감각을 상실했거나, 사회에 적응하는데 어려움을 겪는다.

고립 기간이 길었다고 하여 고립 기간이 짧은 사람들

을 얕보려는 것은 아니다. 오히려 그 반대의 경우가 많은 것 같다. 고립 기간이 짧았던 사람이 회복하고 사회로 나가 어느 정도 안정적인 생활을 하는 사람이 고립 중인 사람에게 사회에 나갈 수 있다고 독려하는 경우를 유튜브 댓글로 종종 본다. 그렇게 이야기하면 당사자는 당연히 반발심이 들 수밖에 없다. 오히려 비슷하게 장기 고립을 겪었다면 다른 사람의 이야기가 남 일 같지 않게 느껴질 것이다.

고립 중에도 독서모임을 다니며 사람을 만났다. 그렇지만 어렸을 때부터 사람들과 어울리는 경험이 적었기 때문에 어울리기를 어려워했다. 그렇기 때문에 남의 시선을 잘 의식하지 못하거나 너무 의식했다. 그러다 말조심을 하기 위해 말을 아끼었고, 스스로 가꿔야 할 필요를 느껴서 가꾸기 시작했다. 그렇게 깨닫고 변화하는 과정도 나에게는 고립 기간이었다. 그 후 회복기에 접어들었지만 지금도 고립에서 완전히 빠져나왔다고 하기는 어렵다.

언제 고립 기간이 끝났다는 것에 확신할 수 있을까. 나에게도 그것은 어려운 과제다. 지금은 애인과 함께 하면서 어느 정도 고립에서 벗어났다고 생각하지만, 언젠가는 고립에 빠질 수도 있다는 불안감을 갖고 있다. 단순히 무슨 성취를 한 것으로 고립에서 벗어날 수 있다고 할 수 있을지 의문이다. 아니면 꾸준히 고정 수입을 얻고 있거나, 연락하는 사람이 어느 정도 있을 때 고립에서 벗어났다고 할 수 있을까?

고립의 기간과 재고립

   고립 문제가 불거진 초기에는 고립 기간으로 그 사람이 얼마나 문제가 심각한 지를 알아보는 지표로 삼기도 했다. 그렇지만 고립으로 이어지는 과정 역시 짧은 기간 안에 이루어지지 않을 수 있고, 고립에서 빠져나오면서도 재고립을 겪기 때문에 이 모든 기간을 고립 기간이라고 할 수도 있다. 고립의 위험에 빠질 수 있는 것은 누구나 가능하기 때문에 어떤 사람이 고립 경험을 얼마나 했는가는 중요하지 않을 수 있다. 그런 사람들은 구분하지 않고 선제적으로 지원하는 게 필요하다. 다만 재고립에 처해 있거나 은둔 중인 사람을 위한 별도의 방안을 만들어야 한다.

   실제 고립 기간을 2년으로 압축할 수 있다. 이 기간에는 사람들과의 접촉이 거의 없었다. 그 후에 독서모임에 다니면서 사람들과 연결되기는 했지만, 그 사람들하고도 친해지는 데에 3년이 넘는 시간이 걸렸다. 그 후에도 사회에 나오려고 했지만 당장 나올 수 있는 것은 아니었다. 이렇듯 누군가는 고립에서 연결로 이어지는 과정에서 다양한 단계를 거친다.

이제는 재고립 문제를 생각할 때이지 않을까 싶다. 재고립 문제는 연결 경험을 어떻게 해석할 것인가에 달려 있다. 재고립에서 빠져나오는 과정에서 실패를 겪으면 당사자나 주변인은 당사자에게 잘못을 돌리기 쉽다. 그게 가장 간편하기 때문이고, 주변에서도 낙인으로 인해 그렇게 생각하기가 쉽다. 그렇지만 그렇게 되면 기존의 고립을 되풀이할 수밖에 없다.

전개가 수습되지 않는 드라마에서 갑작스러운 도움으로 문제가 해결되는 것을 데우스 엑스 마키나라고 한다. 신과 같은 존재의 도움으로 만사가 해결되는 것이다. 그렇지만 현실은 그렇지 않다는 것을 사람들은 누구보다 잘 알고 있다. 드라마처럼 갈등이 잘 해결되어 주인공들은 행복하게 살았다고 끝나더라도 언젠가 갈등은 다시 일어날 수 있다. 그러나 사람들은 해피엔딩을 좋아한다.

그것은 고립 문제에 있어서도 마찬가지다. 사람들은 당사자가 어떤 계기가 있다면 쉽게 빠져나올 수 있다고 생각하는 것 같다. 현재는 고립청년 관련 프로그램이 늘어나면서 자신의 고립 경험을 이야기하는 당사자들도 나타나기 시작했다. 그들이 겪은 경험의 결이 달라도 귀기울여 들어볼 필요가 있다. 그래야 고립에서 벗어날 수 있는 단서를 발견할 수 있을 것이다.

니트 청년에게 그들의 게으름을 탓하는 댓글이 있듯이, 고립청년에 대한 비판도 비슷하게 작동한다. 굳이 거기에 대해 일일이 반박하고 싶지는 않다. 그 사람들도 자신이 겪은 삶의 경험이 있을 터, 그것을 굳이 바꾸라고 설득하고 싶지는 않다. 그럼에도 인식 개선의 필요성을 이야기할 수밖에 없다. 결과적으로 인식 개선을 하지 않으면 아무것도 바뀔 수 없다. 그런데 어떤 것을 바꿔야 할지부터가 막막하다. 경쟁 사회에서 익숙해진 사회 분위기에서는 도태되는 것이 자발적 선택이라고 보는 성향도 강하다. 그런 부분에 있어서 고립청년을 바라보는 시선은 더 가혹하다. 청년이면서도 고립을 택하는 것이 부자연스럽고, 비생산적이라는 반응이다.

그렇게 생각하는 사람들이 많아진다면 고립에서 빠져 나오고 싶어도 빠져나오기 어렵다. 고립에서 빠져나온 뒤 일을 하기 어려웠지만, 그것보다 더 어려운 것은 사람을 대하는 것이었다. 사회 생활에 미숙해서 실수도 많았지만, 더 큰 문제는 그것을 이해하지 못하는 사람들의 시선이었다. 공백기가 길어져 늦은 나이에 실수를 저지르면 나잇값을 하지 못하는 사람으로 취급받는다. 우리나라에서 나이에 대한 인식은 너무 강하게 적용된다. 그렇지만 주변에 이해를 구하는 것도 쉬운 일은 아니다. 결국 당사자가 고립에서 빠져나오기 위해서는 서로가 의존할 수 있는 어떤 공동체가 필요하다. 하나의 아이를 키우기 위해서는 온 마을이 필요하다는 아프리카의 속담은 고립 당사자에게도 적용된다.

상태에 따른 양상

　사람들을 인터뷰하면서 고립 당사자가 프로그램을 통해 회복할 경우, 고립 이전 상태로 돌아갈 수 있다고 느꼈다. 이건 긍정적일 수도, 부정적일 수도 있는 이야기다. 직장 생활을 하다가 관둔 뒤 프로그램을 통해 회복한다면 다시 사회에서 활동을 하는 데에는 어려움이 없다. 어쩌면 이게 너무 당연한 일일 수도 있다. 문제는 청소년 시절이나 대학 졸업 후 사회 진출을 하지 않은 상태부터 고립하다가 나온 경우다. F도 이런 사람들은 몸은 자랐지만, 정신은 그렇지 않다고 이야기한다.

　상황이 이렇다면 사회에 적응하기 어려운 사람들을 위한 장치를 마련하면 된다. 물론 정부에서는 이미 미취업 청년을 위한 다양한 정책을 시도하고 있다. 특히 이를 고립청년 당사자와 연계하는 시도도 있다. 그렇지만 위의 경우를 생각한다면 이런 시도가 두 가지 부분에서 잘못되었음을 알 수 있다. 이미 직장 경험이 있는 경우에는 직장에 바로 들어가면 들어갔지, 굳이 그런 지원사업까지 이용할 필요를 못 느낀다. 반면에 경험이 없는 경우에는 취업을 원하지만 그들에게 필요한 것은 취업 기술 이전에 사회에 적응할 수 있는 기술이다. 이는 일반적인 취업 프로그램과 같은 모델로는 배우기 어렵다.

고립 경험이 있거나 재고립의 위험이 있는 사람들은 활동의 범주에 머무르고 있기도 하다. 그들 스스로 활동을 원하기도 하지만, 활동을 하는 것만큼 안전한 공간이 없기도 하다. 어떻게 보면 시혜적이라고 할 수 있는 공간에서 자신의 존재를 인정받으면서, 서서히 사회에 적응한다. 물론 그것이 제대로 된 사회 활동인지 의문일 수 있다. 한편 대부분의 활동은 서울을 중심으로 하고 있기 때문에 지역으로만 가도 고립에서 벗어난 청년들이 할 만한 활동은 많지 않다.

오히려 그런 점에서 지금이 고립청년의 황금기라고 할 수 있다. 사회에서도 고립청년에 관심을 가지는 것이 처음이고, 그에 따라 정부나 지자체에서도 각종 정책을 쏟아내고 있기 때문이다. 이 상황을 잘만 이용하면 활동을 지속하면서 다른 길을 모색할 수도 있을 것이다. 그렇지만 이에 따른 우려도 있다. 이렇게 정책이 쏟아지고 있으나 나중에는 프로그램화되어 고정적으로 운영되면 결국 당사자에게 맞춤으로 지원될 가능성이 낮아지기 때문이다.

고립청년 정책이 가진 고질적인 딜레마는 성과주의로 갈 경우 성과를 측정하기가 힘들어 사장될 가능성이 높다는 것이다. 당사자를 꺼내는 데에만 해도 많은 시간과 노력이 필요한데, 그 사람을 사회에 적응시키기 위해서는 다시 그만큼의 시간과 노력이 필요하다. 한 해에 정책을 시행하고 평가하는 공공기관의 입장에서는 효율이 떨어지는 정책일 수 있다. 그럴 바에는 그저 일하지 않거나 쉬는 청년들을 모아 프로그램을 운영해 몇 명만 취업시켜도 큰 성취라 할 수 있다.

어쩌면 한 사람을 구하기 위해 지나친 노력을 투입하는 것은 비효율적일지도 모른다. 그렇지만 한 사람을 구하는 것은 하나의 우주를 구하는 것일 수 있다. 그러나 이런 이야기가 통하지 않을 수도 있다. 한편으로 고립에서 빠져나와 사회에서 어느 정도 안정적인 삶을 사는 롤모델을 보여주는 것도 필요하다. 그런 퍼포먼스도 필요하다면 시도할 만하다.

그렇지만 그것이 지나친 경우 박탈감을 느낄 수도 있다. 고립 문제에 있어서 어려운 부분이 이 부분이다. 누구나 고립감을 느끼기도 하고, 때로는 사람이 싫어 피할 때도 있다. 그런 경우를 모두 고립이라고 하기는 어렵다. 정신질환이 있지만 그것을 치료받으면서 사회 생활을 잘 해나가는 사람도 있다. 고립에서 벗어난 사람은 사회에 적응하느라 벅찬데, 항상 좋은 사례만 비추다 보니 고립에서 벗어난지 얼마 안 된 사람들은 상대적으로 스스로가 뒤처져 있다고 느낄 수 있다.

이러한 상황은 고립 당사자를 진정으로 이해하기 어려운 장벽으로 작용한다. 사람들은 대부분 자신의 시각으로 현상을 받아들일 수밖에 없다. 그렇기에 자신이 고립된다고 하더라도 쉽게 빠져나올 수 있고, 고립에서 빠져나온 뒤에는 어렵지 않게 사회생활을 할 수 있다고 믿는다. 그렇지만 그렇지 않다는 증거는 이미 수두룩하다. 고립 경험을 했다는 사실을 면접에서 밝힐 수 있을까? 그렇게 경험을 쉽게 밝힐 수 있는 사회가 오지 않는다면 앞으로도 고립 경험은 음지의 경험으로 인식될 것이다.

살면서 누구나 위기를 겪는다. 그런 인식이 연민으로 이어지고, 다른 사람과 유대할 수 있는 연결고리가 될 수 있다고 믿는다. 그러나 쉽게 상대를 이해할 수 있다는 믿음은 때로 자신과 상대를 지나치게 동일시할 위험이 있다. 누군가에게는 불가능한 것이 있다. 자전거를 배우지 않은 어린 아이에게 곧장 자전거를 타라고 시키지 않듯이, 자전거에 적응할 수 있도록 안전장치를 해주는 것이 필요하다.

어떻게 접근할 것인가?

　고립청년을 만나겠다고 하면 사람들은 그들을 어떻게 만날 것인가 물어보고는 한다. 고립 당사자와의 연결점은 약하다. 그들이 고립된 사실을 아는 사람은 가족이나 지인뿐이다. 그렇기에 이들을 수소문해야 하는데, 여기서부터 가로막힌다. 이들을 돕는 기관들은 직접 발로 뛰어 수소문한다. 일반적으로 온라인을 좋은 경로라고 생각하지만, 고립 중인 사람들은 경계심이 높기 때문에 그곳에서도 마음을 쉽게 열지 않는다.

　인터뷰를 하기 위해 고립청년을 만난다고 했을 때도 사회복지 관련 일을 하는 것도 아니고, 딱히 사교성이 있는 것도 아니니 현실적으로 고립 중인 사람을 만나는 일은 어렵다고 생각했다. 가장 직관적인 방법은 전문 기관에 문을 두드리는 것이었다. 그러나 나 역시도 사회에 나온 지 얼마 되지 않았으므로 그렇게 나서는 것이 망설여졌다.

그래서 고립감을 느낀 청년으로 대상을 열어 인터뷰했다. 많은 사람이 고립감을 느끼기 때문에 고립을 넓게 해석해 보자는 취지도 있었다. 인터뷰이를 모집하고, 인터뷰를 진행하면서 다양한 원인으로 고립감을 느끼는 사람들을 만났다. 그런데 모두 공통점이 있었다. 청소년기에는 가족이나 주변의 인간관계로 인해 고립되었다면, 성인기에는 진로나 취업 문제로 인해 고립된다는 것이다.

청소년기에 고립된 사람은 은둔하기 쉽다. 이들은 고립이 심화된 상태에서 사회와의 연결을 완전히 끊고 방안에서만 지낸다. 생존을 위한 최소한의 활동은 하지만, 그 외의 시간은 방 안에서만 시간을 보낸다. 청소년기에 고립된 사람들은 학교 외에 사회 경험이 없다. 그런데 이들의 경우 학교에 대한 기억도 좋지 않아 고립된 경우도 많기에 사회에 대한 부정적인 감정이 크다.

특정 사건으로 인해 은둔을 선택한 경우, 그 사건에 대한 상처를 초기에 치유하지 못하면 당사자는 과거의 기억을 곱씹으며 은둔 상태에서 일상을 되풀이하고, 자립적인 생활을 아예 하지 못하게 된다. 그래도 초기에는 나오려고 시도한 경우도 있을 것이다. 그렇지만 사회에 가로막혔을 확률이 높다. 처음에 은둔을 택한 것은 자신을 보호하기 위해서였지만, 사회에서는 그러한 시간을 인정해 주지 않기에 은둔한 사람을 뒤처졌다고 판단한다.

그렇기에 은둔에서 나온다고 해도 다시 상처를 받고, 고립을 택하기 쉽다. 어떤 사람들은 고립을 회피의 수단으로 보는데 그것을 부정할 수 없다. 그렇지만 회피의 수단으로 고립을 택했다 하더라도 왜 그 사람이 그러한 선택을 했는지 이유를 들여다봐야 한다. 그것을 통해 적어도 고립이 오직 개인의 의지로만 극복할 수 있는 것이 아니라는 것을 알고, 부족한 부분을 채워줄 수 있는 사회적 처방을 찾아야 한다.

한편 청년기의 고립은 진로와 취업 문제가 크기는 하지만 여기에도 가족이나 인간관계 문제가 기저에 깔려 있을 수 있다. 관계 맺기에 어려움이 없다면 사회 활동을 하는 데에는 어려움이 없을 것이다. 그렇지만 고립 중인 사람들은 내향적이거나, 관계 맺기에 실패한 사람일 가능성이 높다. 그래도 성인기에 고립된 사람은 그 이전에 연결 경험이 있거나, 느슨하게 연결되는 사람이 있을 수 있다. 그렇기에 이들은 청소년기부터 고립된 사람들보다 회복되기 쉬운 것은 사실이다. 그렇다 하더라도 고립 기간이 길어지면 고립에서 빠져나오기 어려운 것은 마찬가지다.

내가 접촉할 수 있는 사람은 고립에서 빠져나온 사람들이다. 그중에서는 청년기에 고립되었던 사람이 많다. 이것이 여기서 다룬 고립청년의 영역이자, 한계다. 이들은 고립에서 빠져나온 뒤 각자 다양한 분야에서 활동한다. 그렇지만 이들의 경우에도 재고립의 위험을 느낀 경우가 있어 주목할 필요가 있다.

현실적으로 일을 하지 않고 살아가기란 불가능하다. 그런데 나는 그렇게 살아왔다. 부모님 집에서 신세를 지면서 잠깐 일을 하고 모은 돈으로 시간을 보냈다. 그때 당시에는 고립청년을 대상으로 한 지원사업이 없었기에 지원은 꿈도 꿀 수 없었다. 사람 사이에 섞여 일을 하기는 죽도록 싫었다. 그것은 결국 생계의 포기를 의미했다. 인터뷰이 중에도 비슷하게 활동을 하면서, 때때로 짧게 일하기도 한다.

　나는 대학생 때도 고립 성향이 있어서 집과 학교만 오가는 생활을 반복했고, 군 복무를 마친 뒤에는 2년 동안 직장을 다니다 관두기를 반복했다. 그 후 6년간 고립 생활을 했다. 실상 20대 전반을 고립의 시간을 보냈다. 그렇기에 고립 문제를 전반적으로 다루되, 현재 고립에서 빠져나온 사람들이 어떤 재고립의 위험이 있는지, 그리고 이런 사람들이 다시 고립되지 않을 수 있도록 어떻게 해야 하는지를 다루고자 한다. 이러한 기록을 고립 중인 당사자나 관계자가 읽는다면 도움이 될 것이다.

　주의사항이 있다. 고립청년 관련 유튜브 영상의 댓글을 보면 본인도 고립·은둔을 하다가 벗어났으니 당신도 금방 빠져나올 수 있다는 이야기가 많다. 그런 이야기는 대부분 자신의 성공 서사로 채워져 있다. 물론 그 사람들도 실제 고립을 경험했을 수 있다. 그래서 자신처럼 빠져나올 수 있다는 희망의 메시지를 주려는 의도일지도 모른다. 그렇지만 당장 고립 중인 사람에게는 이미 최선을 다하고 있는데 더 채찍질을 가하는 것처럼 느껴진다.

　자신이 고립에서 빠져나왔다고 증언하는 사람의 경우

그들이 어떤 과정을 거쳐서 고립에서 벗어났는지에 대한 요약은 굉장히 거칠게 정리되어 있다. 오래된 기억이고, 별로 떠오르고 싶은 기억도 아닐 테니 구구절절 쓰지는 않았을 것이다. 그렇지만 고립 당사자에게 필요한 것은 그런 부분이다. 그렇다고 당사자가 이런 사례를 접한다고 하여 곧장 고립에서 벗어날 수 있는 것도 아니고, 여기서 말하는 내용을 모두 적용할 수 있는 것도 아니다. 이 글을 읽는 주변인이라면 이 점을 염두해 두어야 할 것이다.

고립의 원인

경제적 원인

장기 고립 이후 사회로 나오는 경우 가로막히는 장벽 중 하나가 경제 문제다. 많은 사람이 고립과 재고립의 원인으로 경제 문제를 꼽기도 한다. 그렇지만 이것을 단순히 일자리를 늘린다고 해서 해결될 일일까. 고립 이후 사회로 나오면 경력이 없거나 단절된 상태이기 때문에 들어갈 수 있는 일자리가 마땅치 않다. 그러다 보니 대부분 열악한 환경의 직장에서 일하게 된다. 문제는 그런 환경에서 일하는 것이 재고립을 부추기는 원인이 된다는 것이다. 사회에서는 그런 곳에 가서라도 일을 경험해야 한다고 한다. 그렇지만 쉬는 청년에 대한 설문에서 이미 취업 경험이 있는 사람이 60%라고 한다.

나 역시 고립 전에 일을 했고, 막상 일을 할 때는 적응을 잘했다. 그렇지만 직장에서 문제가 있었다. 그 여파로 회사를 관뒀다. 낮은 급여, 열악한 근무 환경, 불편한 직장 상사 등 일을 관둘 이유는 얼마든지 많다. 물론 그곳에서 참고 일하다 보면 그에 따른 보상이나 기회도 있을 수 있다. 그렇지만 바꿔 생각하면, 애초에 그런 직장을 다닐 수 있을 정도로 단련되었다면 고립을 택하지는 않을 것이다.

직장은 효율을 중심으로 일이 돌아가기 때문에 개인의 개성이 무시되고는 한다. 그게 어느 정도 허용되는 것이라 하더라도, 그것을 경험하고 납득하기까지 오랜 시간이 걸릴 수도 있다. 정말 맞지 않는다면 다른 현실적인 대안을 생각할 시간도 있어야 한다. 이 문제에 나름대로 고민했지만 아직까지 이에 대한 속 시원한 대안이 보이지는 않는다. 그래서 좀 막막함을 느끼기도 한다. 그렇기에 고립에서 빠져나오는 것이 반드시 좋은 일인가에 대한 질문에 쉽게 답하기 어렵기도 하다.

경제적 문제는 당연히 해소되어야 한다. 그렇지만 한계가 있기 때문에 다른 식으로 풀어야 하지 않을까 생각한다. 결국 당사자가 사회적 역할을 맡지 못하는 문제가 아닐까 싶다. 고립 성향이 있는 사람을 만나다 보면 그 사람이 글을 썼으면 하는 바람이 있다. 꼭 전문 작가가 되기를 바란다기보다는, 글을 통해 성취감과 효능감을 얻으면 다른 일을 할 수 있는 용기를 얻을 수 있기 때문이다. 꼭 글이 아니라 다양한 경험 중에 그 사람에게 맞는 무언가라면 충분할 것이다.

그런 점에서 보상이 있는 작은 프로젝트 경험이 도움이 될 수 있다. 그것은 오로지 대가만을 목적으로 참여하는 것과는 궤가 다르다. 주변의 지지와 독려를 통해 용기를 얻고 시도하여 한 번이라도 성취를 느끼게 하는 것이다. 물론 여기에도 우려되는 지점도 있다. 그런 프로젝트를 통해 실패를 경험할 경우 그 사람을 더욱 좌절시키기도 하고, 한편으로는 그렇게 성공 경험을 해도 그것이 곧장 사회 생활에 적용할 수 있는 경험이 아닐 수도 있기 때문이다.

스스로 운이 좋은 편이라고 생각한다. 그렇지만 실패의 경험도 많았다. 어느 인터뷰 프로젝트를 했을 때 인간 관계에 어려움을 느꼈다. 책을 출간하기도 했지만, 그때는 시도하는 것으로 끝나고 말았다. 그렇지만 그런 경험을 하다 보니 내가 해야 할 일을 자연스럽게 발견해서 다음 일을 해나가고 있었다. 그렇게 해서 시도한 것이 인터뷰집을 발간한 것이었다. 이전의 경험이 없었다면 감히 시도하지 못했을 것이다.

경제적 원인이 문제라고 해서 고립에서 금방 빠져나온 사람에게 일자리를 우선으로 제공하는 것은 다소 난감한 일이다. 특히 취업을 시키는 것이 지원 기관의 입장에서는 가장 큰 성취라 생각할 수 있다. 그렇지만 취업한 뒤 일 년도 채우지 못하고 나온다면 그것이 무슨 소용인가 싶다. 반면에 구인이 어려운 회사에서는 단순히 청년들의 취업을 알선해 주는 것만으로도 서로에게 득이라고 생각하는 경우도 있다. 이런 인식 차이로는 도무지 해결될 수 없는 일이다.

결국 고립에서 빠져나오려는 사람에게 필요한 것은 단계적인 비전이다. 지금 하는 일이 당장 큰 도움이 되지 않더라도 어떤 성취가 있을 수 있는지를 제시하고, 가능하다면 그것으로 인해 어떤 불이익이 있는지도 솔직하게 이야기하는 게 필요하다. 그러한 방식을 통해 섬세한 고립 당사자의 신뢰를 얻을 수 있을 것이다. 누구에게나 지도는 필요하지만, 고립 생활을 하는 사람에게는 지도가 더욱 절실하다. 그런 지도가 있다면 그래도 거기까지는 가려고 노력할 수 있다. 이제는 그런 지도가 절실한 때다.

불우한 가정 환경

우리집은 여타의 가정과 크게 다르지 않지만 특이한 면도 있었다. 아버지는 일 때문에 집과 떨어져서 생활했다. 그러다 살림을 합쳤고, 그 이후로 부모님은 학창 시절 내내 부부싸움을 했다. 매번 아버지의 술주정과 그로 인한 어머니의 바가지로 인한 갈등이었다. 가난한 형편임을 감안하면 그런 가정 분위기도 특별히 이상한 것도 아니었다. 아버지는 사업의 실패로 자리를 잡지 못해서 수도권 인근 농촌 지역에서 벗어나기 어려워했고, 우리 가족은 그러한 중력에 이끌려 그 지역에 살았다.

그나마 다행인 것은 부모님이 성실하게 돈을 벌었기 때문에 먹고 사는 데에는 크게 부족함이 없었다는 것이다. 그렇지만 부모님이 다툴 때마다 할 수 있는 것이 없다는 것에서 무력감을 느꼈고, 다툼으로 인해 부모님이 극단적인 선택을 할까 두려웠다. 그래도 부모님은 서로에 대한 불만을 봉합하는 것을 택했다.

　나는 무언가를 갖고 싶을 때마다 금방 포기했다. 형이 입는 옷과 물건들을 물려 썼고, 내가 사고 싶은 것을 말해도 평가절하당하거나 무시당했다. 그 후로 나는 욕심부리는 것을 체념했다. 그때 당시에 욕심을 가졌더라면 그 상황을 버텨내기가 어려웠을 것이다. 이에 가족들은 내가 욕심이 없는 사람이라고 치부했다.

　가난한 환경은 내향적인 성격과 잘 맞았다. 책 이외에는 다른 물건에 욕심을 갖지 않았다. 명절에 주로 받는 용돈으로 책을 사는 데에 대부분을 썼다. 책은 그래도 합법적인 소비였다. 부모님은 아주 어릴 때를 제외하고는 용돈을 가져가지 않았지만, 돈을 낭비하는 것은 원하지 않았다. 그 점에서 책은 예외 대상이었다. 부모님은 내가 책을 읽으며 성공한 사람이 되기를 원했지만, 나는 책을 읽으면서 가난한 작가로 살아가겠다는 꿈을 키웠다.

　작가가 되겠다는 꿈을 품고 문예창작과에 진학했다. 부모님은 만류했지만, 끝까지 말리지는 않았다. 그러니 내가 할 수 있는 것은 성실히 대학에 졸업해서 작가가 되거나, 그와 비슷한 직업을 찾는 것이었다. 그러나 그때나 지금이나 작가로 사는 일은 요원했다. 그럼에도 작가라는 꿈을 포기하지 않았고, 그로 인해 부모님과 갈등했다. 그때 부모님은 다시 한 번 져줬다.

그렇지만 어느 순간 내 삶은 망가져 버렸다. 무엇이 잘못됐다고 분명히 말하기 어려웠지만, 일상을 제대로 보내기가 어려웠다. 사람을 만나고 싶지 않았고, 그저 책에 파묻혀 살고 싶었다. 부모님은 그것을 이해하지 못했다. 내가 방 안에만 있는 것을 답답해했고, 무엇을 하든 나가라고 했다. 그렇지만 그런 요구는 대부분 일을 하라는 결론으로 끝났다. 부모님은 뭐라도 하는 의미였지만, 내게는 꿈을 포기하라는 말로 들렸다. 그때도 고집을 꺾지 않았다.

몇 년간 고립 생활을 하며 부모님과 어색하게 식사를 하는 이상한 생활이 이어졌다. 일을 하라는 부모님의 잔소리가 듣기 싫어 나중에는 같이 밥을 먹지 않았다. 그럼에도 부모님은 나를 쫓아내지 않았다. 그러는 동안 시간은 흐르고, 부모님의 나이는 들어가고 있었다. 노후를 보장받지 못하는 일을 하는 부모님의 밑에서, 나는 부모님의 등골을 축내며 살고 있었다. 처음에는 미안한 감정이 들었지만, 그런 기간이 오래 되자 그러한 미안함마저 옅어졌다.

오히려 부담이 내 발목을 잡을 거라고 생각했고, 내가 할 수 있는 일에 최선을 다하자고 생각했다. 마치 도박꾼처럼 언젠가 대박이 터지리라 기대하면서 삶을 버텼다. 부모님도 포기한 상태로 나를 기다려줬다. 그때부터 삶은 단조로워졌다. 가끔 집에 오는 형은 나를 핀잔했고, 부모님도 그런 핀잔에 암묵적으로 동의했으며, 나는 대꾸하지 않았다. 당시에는 내가 응원받을 수 없는 삶이라고 생각했다. 돌이키면 한 번이라도 제대로 응원을 받았다면 인생이 바뀌었으리라는 생각도 든다.

응원을 받았다면 내가 원하는 길로 반드시 갈 수 있었다는 뜻은 아니다. 다만 응원을 받았다면 더 빨리 실패해서 일찌감치 꿈을 포기하고 다른 길로 갔으리라는 생각도 든다. 그렇지만 주변에서는 만류만 하니, 오히려 고집을 부렸다. 가족에게서 주거와 식사를 지원 받았지만, 그 이상을 기대하기는 어려웠다. 만일 취업을 하겠다며 부모님에게 지원을 요구했다면 부모님은 어떻게 해서든 지원을 했겠지만 나는 이미 체념한 상태였다. 그런 상황에서 나에게 어떤 미래가 있을 것이라고 기대하기가 어려웠다.

어려운 인간관계

주변에서 사람을 만나기가 어려운 환경이었기 때문에 관계를 맺는 법을 익히는 기회는 많지 않았다. 그럼에도 학교 생활에서 큰 굴곡이 없었고, 소수의 친구가 있기도 했다. 내향적인 성격 탓에 사람들 사이에서 조용히 있는 편을 택했다. 그것이 전반적으로 다른 사람에게 무해하다는 인상을 주었다. 그러면서도 다른 사람을 대하는 리액션이 부족하고, 별로 말을 걸지 않았으니 무심한 사람으로 비춰졌다. 그렇지만 사람들과 친해지고 싶었던 욕구는 있었고, 기회가 되면 때를 놓치지 않으려고 했다.

그러다 보니 학교와 군대 같은 인생의 분기에서 꼭 한 명 이상의 친구는 남았다. 그 친구들도 나와 비슷한 성향이었다. 내향적이면서도, 각자의 고충이 있었다. 그러면서도 성실히 살아서 어찌 보면 평범한 사람 축에 속했다. 나는 친구들에게도 고민을 말하기를 주저했으나, 시간이 지나면서 자연스럽게 터놓고 이야기했다. 물론 생각이 다르기 때문에 내가 가진 고민을 모두 공감받기는 어려웠다. 그럼에도 친구 사이이기 때문에 그것이 별로 문제 될 것이 없었다.

고립에서 벗어나기 이전에도 친구들과는 연결되어 있었지만, 친구들은 언젠가 내가 사라질 것을 걱정했다. 그들은 사회 생활을 시작했지만 나는 서른이 가까워지도록 집에 있었다. 그들도 내게 여러 조언을 했지만 그런 조언들은 이미 주변을 통해 듣고 있었으니 친구에게까지 그런 이야기를 듣고 싶지 않았다. 그렇기 때문에 친구를 만나면 반갑게 이야기했지만, 한편으로 언젠가는 끊어질 인연이 아닐까 어렴풋이 생각했다.

성인 이후의 인간관계는 그 사람의 처지와 상황에 의해서 재편된다. 어렸을 적 친했던 친구도 지역이나 이해관계가 달라지면서 멀어지기도 한다. 내 경우에는 기존의 인간관계가 적었지만, 그 인연이 꾸준히 이어졌기 때문에 해당 사항이 아니었다. 친했던 친구들하고는 묘하게 처지가 비슷해서 관계를 지속해왔다. 그렇지만 서로 다른 이유로 어려움을 겪고 있기에 그들에게 '도움을 요청할 수 있는가'라고 묻는다면 그럴 생각이 들지 않았다. 어쩌면 친구들은 나서서 도움을 주려고 할지도 모른다. 그렇지만 그들에게 도움을 청해서 빚을 지고 싶지는 않았다.

그래도 친구들의 존재가 나에게 도움이 되었던 것은 분명하다. 짧게는 한 달, 길게는 수개월 집에 있다가도 친구들의 연락이 오면 언제든 나가서 만나고는 했다. 나의 세계는 책과 인터넷으로 한정되어 있기 때문에 친구들을 만나면 그런 이야기를 쏟아냈다. 친구들은 그렇게 떠드는 것도 받아들였다. 그들 역시 삶의 어려움을 공유했지만, 그것이 잘 와닿지는 않았다. 그럼에도 그렇게 이야기하면서 위안을 얻었다.

그런 인간관계만으로도 충분했다. 이십 대 중반이 넘도록 연애 한 번 못했지만, 그런 상황이 이어지니 연애가 내 삶과 전혀 무관한 것이 아닌가 생각했다. 사람들은 연애에 관한 그럴듯한 조언을 늘어놓았지만, 한 번도 연애를 경험하지 못한 사람에게는 신기루 같은 이야기였다.

지금은 사회에 나와서 연애를 하지만, 그때 당시의 나였다면 무척 어려웠을 것이다.

현대 사회에서 대부분의 인간관계는 가족과 친구, 애인과 같은 인간관계로 한정된다. 범주를 더 넓힌다면 직장동료나 비즈니스 파트너까지 넓힐 수 있을 것이다. 그것을 통틀어서 지인이라 표현할 수 있다. 그렇지만 고립되는 순간 사회에서의 인간관계는 꿈꾸기 어렵고, 가족과 친구, 애인 같은 관계도 마찬가지다. 특히 우리나라의 인간관계는 이러한 관계로 한정되는 경향이 있다. 이제는 왜 그런지 이유를 어렴풋이 알 것 같다. 사회의 과업도 피곤하니, 더 이상 관계를 확장시키고 싶지 않은 것이다. 그러니 비교적 기초적인 관계라 할 수 있는 관계에 몰두한다.

어찌 보면 기존 관계에 매달리는 것이 당연하다고 할 수 있다. 그럴수록 공동체는 줄어들고, 거기에 소속되지 않는 사람은 박탈감을 느낄 수밖에 없다. 나는 가족이나 친구들을 통해 소속감을 느끼기가 어려웠고, 애인은 없었으니 말할 것도 없다. 인간은 사회적 존재라고 한다. 그렇게 되니 존재에 대한 의문을 스스로 던질 수 밖에 없었다. 도대체 나라는 존재는 무엇으로 설명할 수 있을까?

　오랜 고립 생활로 인해 인간관계에 대한 감각은 거의 상실했다. 그래도 사회와 연결되고자 하는 욕구가 있었고, 그래서 블로그를 운영하기 시작했다. 그것은 나에게 큰 행운으로 작용했다. 온라인에서 사람들은 비슷한 취향으로 연결되었고, 그 안에서 소통을 하며 위안을 받았다. 다만 그러한 교류는 일시적이었다. 온라인은 익명이기 때문에 상대가 연결을 끊어버리면 쉽게 연결이 끊어졌다. 그러다 보니 금방 단절되는 관계가 많았다.

　그러다 이웃 블로그를 통해 인근에서 독서모임을 하고 있다는 소식을 듣고, 그 모임에 참여하기 시작했다. 모임에는 대부분 직장인이 많았고, 모임의 시스템은 어플의 시스템에 따라 해당 날짜에 열리는 모임을 선착순으로 참여하는 식이었다. 그래서 모임이 열릴 때마다 매번 다른 사람들이 모였다. 그러다 보니 모임 사람들끼리 친해지는 데에도 오랜 시간이 걸렸다. 물론 그 안에서도 일대일로 교류하는 경우는 있었다. 사람들은 그저 동네 친구를 만들고 싶어 하거나, 연인을 만나기 위해 오는 경우도 많았다. 그렇지만 사람들은 나에게 관심을 주지 않았다.

내가 모임에 남아있을 수 있던 것은 그저 책을 좋아하는 조용한 사람이었기 때문이다.

어느 날 사람들이 뒤풀이로 술을 마시러 가자고 해서 수제맥주를 파는 가게에 갔다. 그곳의 메뉴판에 맥주 한 잔의 가격이 팔천 원이 넘는 것을 보고 놀라고, 주문하고 나온 맥주잔의 크기에 다시 한 번 놀랐다. 사람들은 편하게 대화를 하면서 금방 잔을 기울였지만 나는 돈이 아까워서 홀짝홀짝 마시다가 마지막까지 잔을 비우지 않았다. 그때가 이십 대 중후반이었는데, 나에게는 선선한 충격이었다. 세상에는 너무 많은 장벽이 있고, 내가 그것들을 넘을 수 있을까 하는 생각이 들었다.

그것을 정리하면 욕망이었다. 모임 안에서는 어떤 사람이 어느 직업을 갖고 있는가는 중요하지 않았다. 그렇지만 모임이 끝나고 난 뒤 개인 간의 적당한 관계가 만들어졌다. 거기서는 신상이 주요하게 작용했다. 나는 그로부터 적당히 소외되었다. 그래도 그 안에서 친해진 사람과 매번 술을 마시며 이렇게 친해지기 어려운 모임도 드물지 않느냐고 하면서 모임에 관한 이야기를 하고는 했다.

모임은 비즈니스적인 관계에 가까웠다. 그곳에서 사람들은 느슨한 관계를 선호했기 때문에 취미 생활을 공유하거나, 인간관계에 관한 가벼운 욕구를 해소하면 그만이었다. 그런 곳에서 인간관계를 욕망하는 것은 그만큼 어려운 일이었다. 그렇지만 햇수가 길어지면서 오래 봐온 사람들과 관계가 생기면서 친밀감이 형성되었다. 결과적으로 모임은 존속되지 못했지만, 그곳에서 많은 사람을 만나 인간관계를 맺었다.

그렇기에 고립에서 벗어났을 때 사람을 만나는 것이 훨씬 수월했다. 사람들을 만나면서 어떤 대화를 해야 할지 고민하고는 했다. 어차피 내 성향이 마음에 맞는 대화를 하는 것을 선호하는 편이고, 그렇지 않으면 조용히 이야기를 들어주는 것을 좋아해서 적당히 어울릴 수 있는 사람들과 어울리면서 지내는 편을 택했다. 때로는 사람들의 화법을 따라 대화하기도 했다. 이 모든 과정을 아예 처음부터 시작하려면 더 오랜 시간이 필요했을 것이다.

남보다 못하다는 마음

고립 기간이 길어지다 보면 자신감이 상실된다. 남들은 잘 사는데, 나는 왜 이럴까 하는 자책감도 든다. 고립 당시에는 작가가 되기 위한 유일한 방법은 등단밖에 없었다. 등단에 도전하기에는 스스로가 부족하다고 느꼈다. 그렇기에 블로그에서 활동하면서 길을 모색했다. 블로그에도 글을 잘 쓰는 사람이 생각보다 많았다. 그곳에는 이미 작가로 데뷔했거나, 작가가 되기 위해 준비하는 사람들이 있었다. 물론 그 비중은 블로그를 하는 사람들에 비하면 많지 않지만, 문학계로 보면 그렇게 적은 것은 아니었다. 얕게나마 교류하던 몇몇 이웃은 데뷔를 하기도 했다.

이전부터 나에게는 세상에서 제일 글을 잘 쓴다는 생각과 누구보다도 글을 못 쓴다는 생각이 공존했다. 그 때문에 당분간 글을 쓰지 못하고 방황하기도 했다. 그러다 불현듯 깨달았다. 글을 쓰는 것은 사람마다 스타일이 다르고, 나만의 스타일이 있는 것이다. 다른 사람의 스타일은 결코 따라할 수 없을 것이다. 물론 같은 스타일에서 잘 쓰고, 덜 잘 쓰고의 차이는 있겠지만 그것이 좌절할 만한 이유는 되지 않는다. 그렇게 생각하니 한결 글을 쓰기 수월해졌다.

오히려 블로그에 비교 대상이 되는 것은 자신의 일상을 올리는 사람이었다. 사람들은 매일 맛있는 음식을 먹거나 해외의 명소를 돌아다니며 인생샷을 올렸다. 그게 부럽기도 하면서도, 내 삶이 초라하다고 느꼈다. 그렇지만 그러한 생각도 글쓰기 스타일과 비슷한 것이라고 생각하니 어느 정도 누그러졌다. 그 사람이 그 사람대로 삶을 추구하듯, 나대로의 삶이 있는 것이다. 그렇게 생각하지 않았다면 버티기가 힘들었을 것이다.

사회에서는 SNS를 비판하며 청년들이 인터넷을 통해 얼마나 상대와 비교하는지, 그것으로 인해 얼마나 쉽게 좌절하는지를 묘사한다. 나 역시 그랬던 순간이 있었고, 지금도 주변 사람 중에는 그러한 이유로 SNS를 아예 안

하기도 한다. SNS도 잘 이용하면 좋지만, 자신의 인생에 별로 도움되지 않는다면 안 이용해도 그만이다. 다만 비교하고, 좌절하는 태도를 어떻게 극복할 수 있는지는 고민할 필요가 있다. 그것은 단순히 생각을 바꾸면 된다는 말로는 해결되지 않는다.

가끔 지역 행사에 참여하면 다양한 분야에서 활동하고 있는 사람들을 만난다. 그런 사람들을 만나면 내심 스스로가 초라해보인다. 가진 것이 없다는 이유로 박탈감을 느끼지는 않는다. 고립한 기간만큼 사회활동을 하지 않은 것이기에, 사회에서 인정받는 무언가가 없는 것은 당연한 것이다. 그렇지만 가끔 사람들과 대화가 이어지지 않는 상황에서는 다소간의 벽을 느끼기도 한다.

사람들은 내가 작가라는 것에, 그리고 고립을 경험했다는 것에 별로 관심을 갖지 않는다. 그것은 자신에게 별로 메리트가 있는 것이 아니기 때문이다. 결국 사람과 사람이 연결되는 이유에는 그 사람의 성격이 좋거나, 재능이 탐나는 등의 매력이 있는 경우다. 나이가 들수록, 그리고 사회에서 활동할수록 아무 이유 없이 존재만으로 환대받는 경험은 드물다. 그런 환대 없이 세상에 내던져지면 스스로에게 무슨 결함이 있나 의심하게 된다.

어떤 삶이 가치가 있고, 그 삶을 동경하며 노력해야 한다는 것은 일종의 능력주의다. 그렇지만 능력주의에 대한 비판을 하려는 것이 아니다. 자신의 가치대로 판단하여 움직이는 사람들을 비난하고 싶지도 않다. 사람들도 그렇게 행동하는 것이 충분히 합리적이다. 그들에게 내가 매력이 없다고 생각한다면 나 역시도 그들에게 관심을 구하지 않는다. 괜히 그것에 자격지심을 느껴 어긋난 행동을 해서 눈에 잘못 띄지나 않으면 다행이다. 물론 그렇게 멘탈을 갖기까지가 쉽지는 않다.

사람들과 어울리면 몰랐던 사실을 알게 된다. 사람은 고쳐 쓸 수 없다는 말이 떠돌지만, 몰라서 하는 행동도 많다. 어떤 경우 그렇게 적응할 수 있는 환경에 놓인 경험이 드물 뿐이다. 고립 경험이 있었던 몇몇 사람을 만나면서 동질감을 느꼈다. 그들도 자리에서는 부단히 밝은 사람인 척 노력하지만, 사실 그것만으로도 엄청난 힘을 들이고 있다.

마음을 열기가 어려움

고립 기간이 길수록 일상에서 받아들이는 상황에 대한 왜곡이 강할 수 있다. 타인의 행동도 쉽게 의심하고, 선의도 그대로 받아들이질 않는다. 유의할 것은 당사자가 그저 의심이 많아서 의심하는 것은 아니라는 것이다. 어쩌면 그 상황을 경험하지 못했기 때문에 의심하는 것이다. 공장 기숙사에서 지내면서 그곳에서 일하는 경리와 마주칠 때마다 "밥 먹었어요?"라는 인사말을 들었다. 먹은 것이라고는 라면뿐인데 매번 인사를 받았을 때 왜 그런 것을 묻는지 이상했다. 그게 인사치레로 하는 것임은 나중에 알았다.

이전까지는 나에게 그렇게 인사를 건네는 사람이 없었다. 지금 생각하면 씁쓸한 일이다. 그런데 그런 관심을 받는 것도 어쩐지 공격적으로 들렸다. 평일 낮에 홀로 라면을 끓여 먹었다. 그런데 그렇게 물어볼 때마다 매번 라면을 먹었다고 답할 수는 없지 않은가 생각했다. 그러다 보니 내가 밥도 못 챙겨 먹는 걸로 보이나 하고 꼬아 생각했다.

나도 대화를 하고 싶었다. 문제는 대화 주제가 내가 선호하는 것들로 한정되어 있다는 것이다. 대부분 책이나 사회 문제에 대한 이야기를 늘어놓기를 좋아했다. 그나마 대중적이라면 게임이나 인터넷에 떠돌아다니는 유머 글 정도였다. 그러니 사람들과 가벼운 스몰토크를 하기가 어려웠다. 대신 이야기를 잘 들어주는 사람이 있으면 쉴 새 없이 떠들고는 했다. 여기에 희생되는 사람은 대부분 친구였다.

한 친구는 자신이 관심이 없는 이야기를 그토록 잘 들어서 나중에 그 이유가 궁금해서 물어봤다. 그 친구는 내 이야기가 차라리 현실과는 전혀 상관없는 이야기라서 좋았다고 했다. 그렇지만 그런 친구를 만나는 경우는 드물어서 어디 가든 이야기를 하는 경우는 없었다. 관심 있는 주제가 아니면 입을 열지 않았다. 이야기를 하고 싶더라도 사람들의 대화에 타이밍을 잡을 수가 없었다. 어쩌다가 입을 열면 사람들의 시선이 내 쪽을 향했는데, 그 시선을 도저히 견디기가 어려워서 하던 말도 중간에 급하게 끝내고는 했다.

이런 문제를 해결할 수 있는 방법은 사람을 많이 만나보는 것이다. 그렇지만 이미 사람이 두려운데 사람을 많이 만나라는 처방은 모순이다. 어느 정도 회복되고 나서 느낀 것은 스스로 성숙해야 다른 사람의 시선도 감당할 수 있고, 다른 상대도 거부감 없이 받아들일 수 있다. 나는 부모님과 관계가 좋은 편은 아니었다. 부모님하고도 관계 맺는 법을 몰랐다. 마음을 쉽게 열지 않았고, 부모님도 그런 나를 두고 어떻게 대해야 하는지 잘 몰랐다. 그래도 지금은 나쁘지 않게 지낸다. 그것은 결국 내가 어느 정도 회복하고 나서였다. 사람들과 어울려 지내면서 부모님의 입장을 이해할 수 있었다.

요즘 사회에 만연한 혐오 문제는 상대방의 입장이 되지 못하거나, 입장을 듣지 못해서 그런 것이다. 고립 중인 사람이 반드시 혐오를 한다는 이야기는 아니다. 그렇지만 마음을 열지 않는다는 점에서 태도는 비슷하다. 여기서 대화를 하라는 처방만으로는 풀리지 않는다.

　어떤 경우 한 번 마음을 여는 것만으로 모든 일이 쉬워질 수 있다. 그렇지만 그 한 번의 마음을 여는 게 어렵다. 그것은 때로 오랜 시간을 들여야 하는 일일 수 있고, 순전히 우연에 의해 이루어질 수도 있다. 다만 재고립되는 문제를 생각한다면 모든 것을 운에 맡길 수는 없을 것이다. 고립 시기에 나에게 먼저 인사를 건넸던 경리와 꾸준히 내 이야기를 들어주어던 친구 같은 많은 사람을 만나면서 마음을 열었다. 당사자에 대한 작은 호의가 쌓이면 언젠가 당사자도 마음을 열 것이다.

고립에서 벗어나기 위한 노력

고립 당시의 상황 1

 어쩌면 누구나 고립을 겪는 시기가 있을 수 있다. 대입에 실패하거나, 직장을 관두는 등 이행기 때 사회에서 제 역할을 못한다고 생각하고, 경제적 여유도 없어 위축된다. 그렇지만 주어진 관문을 넘으면 어떻게든 상황을 벗어날 수 있을 것 같다. 고비를 어떻게든 넘긴 사람들은 주어진 상황에 일희일비하지 말고 힘을 내라고 응원할 것이다. 아니면 살다가 몇 번의 좌절을 맞았지만, 끈질기게 살아남아 미처 생각지 못한 삶을 살고 있을지도 모른다. 삶은 살아가는 게 아니라 살아지는 것이라며, 그저 응원을 보내는 사람도 있을 것이다. 어떤 때는 삶의 풍파를 고립이라는 단어로 치환하는 것이 아닌가 싶다.
 고립에서 벗어나기 이전에 고립과 재고립을 반복했다.

'잠수를 탄다'라는 표현이 있지만 이는 대부분 인간관계에서의 휴식기를 의미한다. 인간관계를 끊기 위한 극단적인 방법으로 사용하는 경우다. 고립과 잠수가 아예 다른 것은 아니다. 물론 고립은 비자발적인 성격이 있기 때문에 다르기는 하다. 그렇기에 고립과 고독으로 구분해서 생각할 수 있다. 외부의 스트레스로부터 도망치기 위해 고립을 택하기도 한다.

그런 상황에서 몇몇 인간관계가 연결되어 있어서 사회와의 연결망이 완전히 끊기지 않았다면 금방 고립에서 벗어날 수 있다. 그렇지만 그런 인간관계를 유지하기가 쉽지 않은 것이 현실이다. 이십 대가 되거나 대학 졸업 후에 각자 생계를 위해서 자기 일을 찾아 지역을 옮긴다. 같은 지역에 살아도 일에 시달려 친구를 만나는 경우가 줄어든다. 그런 상황에서 고립을 택하는 것은 현대 사회에서 경쟁을 포기한다는 것을 의미하기 때문에 그에 대한 질타로 이어진다. 고립하는 사람 스스로도 자신의 잘못이라고 생각하기 때문에 주변인들과 어울리지 못하고 겉돈다.

이 과정에서 고립 중인 사람도 노력을 안 한 것은 아니다. 물론 노력의 방향이 잘못되었거나, 노력의 정도가 부족했을 수도 있다. 한 개인의 노력도 그 사람에게는 한계 지어져 있다. 나는 작가가 되려고 노력했지만, 그러기 위해서는 등단을 해야 했다. 그렇지만 등단을 하기 위해서는 부단한 노력이 필요했고, 또 그만큼의 운이 따라야 했다. 경험도 많아야 하는데 촌에서 살면서 문화 생활이나 인간관계도 많이 경험해보지 못한 내가 소설을 잘 쓰는 것은 거의 불가능했다. 그렇다고 재능이 많아 혼자 머릿속으로 블록버스터급 세계관을 그려낼 수 있는 천재도 아니었다. 그럼에도 작가가 되기 위해 할 수 있는 노력을 했지만 대부분 허사였다.

사람마다 자신이 생각하는 실패의 원인은 다르다. 노력이 부족했기 때문일 수도 있고, 생각보다 안 풀려서 그럴 수도 있다. 그렇지만 그것도 결국 환경에 의한 것이라 생각한다. 사람이 하고자 한다면 웬만큼 할 수 있다. 다만 현실 파악을 하려면 경험도 있어야 하고, 그게 아니라면 주변의 도움을 얻어야 한다. 나에게는 그런 경험이나 조력이 부족했다.

고립 중인 청년은 청소년기 때부터 은둔을 택했거나,

진로 문제가 꼬여 이행의 단계에서 유예된 사람들이다. 그런 사람이 마음을 잡고 사회로 나오려고 해도 사회는 쉽게 허락해 주지 않는다. 사람들은 그저 공백기에도 무엇을 했는지 궁금해 한다. 회사에서도 사람을 거르려는 시험대로 작동한다. 물론 그 공백기를 설명할 만한 것이 있다면 아예 이해하지 못할 것도 아니다. 그렇지만 그런 사정과는 별개로 아무 경력이 없다는 것은 스스로를 위축시킨다.

주변의 도움이 없는 이상 대부분 저숙련 일자리로 흘러갈 것이다. 그곳에서 다양한 인간군상을 만나지만, 좋은 방향은 아니다. 그런 곳도 크게 문제는 없지만 고립을 경험한 사람들이 나가서 활동하기에는 워낙 부담이 커 스트레스가 만만치 않을 것이다. 어떻게 보면 먹고살기 위해서 양보나 미덕은 존재하지 않고, 그것만이 세상의 전부인 것마냥 행동하는 사람도 있다. 애초에 그렇게 마음가짐을 가져 쉽게 동화될 수 있는 사람이라면 고립되지는 않았을 것이다. 그렇기에 그로부터 벗어나려고 할 것이고, 그것은 다시 고립을 의미한다.

반복된 실패는 사람을 위축시킨다. 한때 인터넷 커뮤

니티에서는 "포기하면 편해."라는 유행어가 떠돌아다녔다. 포기를 선택한 사람들은 방 안에서 시간을 보내는 것만으로도 충분했다. 온라인이라는 연결선이 있고, 그것만으로도 외로움을 충분히 해소할 수 있다. 그렇게 되면 집 안이 자신의 유일한 사회가 된다.

고립이 되면 온라인을 통해 취미를 즐긴다. 온라인에는 사실상 모든 것이 담겨 있다. 특히 유튜브의 등장 이후로 크리에이터들의 영상이 쏟아졌다. 플랫폼은 개인의 알고리즘에 맞춰 영상을 흘려보낸다. 그것들만 봐도 하루가 다 간다. 때때로 그런 것이 지루하기도 하다. 매일 콘텐츠가 쏟아지지만, 그것이 모두 자신의 취향인 것도 아니다. 그것을 못 견뎌 집 밖으로 나가고 싶었다면 이미 고립에서 빠져나왔을 것이다. 그렇지만 이미 고립이 만성인 사람들은 그런 견딜 수 없는 시간마저도 관성적으로 콘텐츠를 소비하면서 시간을 흘려보낸다.

온라인에는 각종 자극적인 뉴스가 있고, 매일 새로운 사건사고가 자극을 준다. 세상에는 큰 사건도 일어나지만, 때로는 자신이 찾는 소규모 커뮤니티에서 사건이 일어나기도 한다. 거기에 있는 게시글들을 읽고, 한두 마디 없는 것만으로도 시간은 잘 흘러간다. 때로는 그것들에 몰입하면 시간이 가는 줄 모른다. 그리고 그것이 세상의 전부가 된다. 오히려 사회에서 자신의 역할을 수행하면서 살아가는 사람들이 멍청해 보이고, 자신은 그렇게 살지 말아야겠다고 생각한다. 그러면서도 사회에는 속해야 하니까 어떤 일을 할 수 있을지 고민한다. 그렇지만 대부분이 형편 없어 보이고, 가능한 모든 선택지는 저마다의 이유로 거부한다.

방 안에서 적게나마 돈을 버는 방법도 있을 것이다. 게임을 좋아한다면, 게임머니를 팔아서 돈을 벌 수도 있다. 그렇지만 그러한 것이 미래를 보장해 주지는 못한다. 그런 사실을 알고 있음에도 시간을 흘려보내는 것이 기본이다. 커뮤니티에는 자신과 비슷하게 사는 사람들의 자조가 넘친다. 그게 때때로 자신의 모습을 거울로 보는 것같아 괴롭지만, 한편으로는 많은 사람이 그렇게 산다는 것에 위안을 얻는다.

어쩔 수 없이 돈이 떨어져서 사회에서 일을 하게 되는 순간이 있다. 어쩌다 사람과 얽히더라도 대부분 갈등으로 끝난다. 스스로를 보호하기 위해 상대를 쏘아붙인다.

아니면 말을 하지 못하고 참고 참다가 도저히 버티지 못하고 탈출한다. 그것으로 자신이 사회에서 역할을 할 수 없음을 확신한다. 아니면 사람들과 최대한 접촉을 줄일 수 있는 일을 찾아 그것들을 해나간다. 요즘은 비대면 시대라는데 막상 대부분의 일은 사람과 엮여야 한다. 일이 싫은 것인지 사람이 싫은 것인지 알 수 없지만, 사람들은 내가 일을 하기 싫어한다고 하니까 그런 것이라 생각한다.

이 정도 되면 집 밖에 나가기가 싫어진다. 사람들과 말을 하기도 어렵고, 말을 해도 무언가가 꼬인다. 분명 머릿속으로는 하고 싶은 말이 넘치는데, 사람들에게 말할 때는 그 반의 반도 못한다. 그렇지만 사람들은 내가 말을 너무 많이 한다며 질려한다. 그러니 굳이 사람들과 얽힐 필요가 있나 싶다. 혼자 있는 게 편하다. 그저 아무 일도 하지 않고, 온라인으로 세상과 접촉하는 게 편하다. 집 밖에 나와 세상과 접촉하는 일은 두렵다, 무섭다.

고립 당시의 상황 2

고립에서 어떻게 벗어났냐고 묻는 사람이 많다. 그렇지만 어떤 계기로 인해 단번에 나온 것은 아니다. 그렇기에 고립 당시의 상황이 어땠는지 묻는 것이 고립 문제를 파악하는 데에 중요하다. 내가 고립에서 빠져나오기 시작한 것은 시의 일자리 사업에 참여했을 때였다. 일자리 사업에 참여한 것만으로는 고립에서 빠져나온 것은 아니었다. 그래도 일을 통해 오랜만에 돈을 벌어 활동을 지속할 수 있는 동력이 되었다.

그때 나는 필요에 의해 스스로 일자리 사업에 참여했지만, 그 전에 몇 개의 인과가 있었다. 무엇보다 해당 사업의 경우 지역의 명사나 명소를 취재하여 기사를 내는 일이었다. 그런 일이 어쩐지 부담스럽기도 했지만, 한편으로 글을 쓰는 업을 지향하면서 이런 일도 못하면 아무일도 못할 거라고 생각해서 도전했다. 이전까지는 지역 일자리 사업이라고 하면 대부분 공공 기관의 필요에 의해 만들어진 단순 사무직이 대부분이었다. 그런 일을 해도 효능감이 있을 수 있지만, 내가 관심 있는 직무를 하고 싶은 마음이 컸다. 세상에는 다양한 욕구를 가진 사람들이 있으므로 그들을 유인해내기 위해서는 다양한 일자리 사업이 만들어져야 한다.

그렇지만 그런 일자리 사업이 있다 하더라도 내 상태가 좋지 않았다면 시도하지 않았을 것이다. 그때도 상태가 좋지는 않았다. 돈에 쪼들려 있던 시기여서 일은 해야 했다. 그래도 일을 하기로 마음먹었을 때는 이미 독서모임이나 블로그를 통해서 사람들과 교류하고 있는 상태였다. 물론 그 교류의 깊이가 깊지는 않았기에 당장 큰 도움이 되지는 않았다. 그렇지만 적어도 사람들을 만나면서 나 역시 사회에 나와야 한다는 필요성을 느꼈다. 그건 누가 직접 그렇게 조언해서라기보다, 사람들을 만나고 스스로 부족함을 느낀 결과였다.

사회와 연결되기 위해서는 최소한의 연결망 하나는 있

어야 한다. 여기서 연결망이란 적어도 한 사람 이상의 유의미한 소통을 의미한다. 아예 사람과 의사소통을 하지 않은 상태에서 마음을 열 수 있는 방법은 나로서는 알 수 없다. 다만 내가 마음을 열었던 경험을 생각하면, 나를 격려하고 지지해줄 수 있는 확신이 있는 사람이 있을 때 가능했다. 그렇지만 그런 사람을 만나기 위해서라도 많은 사람을 만나야 하는 것이 현실이다.

이전까지는 나도 사람들에게 도움을 요청하기를 어려워했다. 사람에 대한 관심이 많았지만, 낯가림이 심한 편이기 때문에 먼저 다가오는 사람이 아니면 마음을 쉽게 열지 않았다. 그러다가 어느 날 에릭 호퍼의 책을 읽다가 사람은 자신에게 기득권을 줄 수 있는 사람에게 관심을 갖는다는 문구를 읽었다. 그때 큰 깨달음을 얻었다. 사람이 반드시 자신의 이득을 생각하며 행동하는 것은 아닐 것이다. 그렇지만 상대에게 이득이 없다고 판단되면 굳이 친해질 이유도 없겠다는 생각이 들었다.

그래서 나 역시 혼자서라도 무언가를 하려고 부단히 노력했다. 돌이키면 그 노력의 방향이 올바른지는 모르겠다. 사람들이 관심 없는 철학책을 파고들어 읽었고, 대

중문화를 이해한답시고 관련 콘텐츠를 소비했다. 그것은 좋아하는 것을 좇은 것이었다. 그런데 나는 그것들로 무언가를 할 수 있을 것이라고 쉽게 믿었다. 그렇기에 언젠가 내가 원하는 일로 먹고 살 수 있을 거라고 생각했다. 그렇지만 그게 현실적으로 돈벌이가 되는가 아닌가는 부딪쳐야 알 수 있는 일이었다. 그런 시도를 내내 회피했다.

한편으로는 그것이 어렵다는 현실도 어렴풋이 알고 있었다. 그렇기에 일을 해야 했지만, 일하고 싶지는 않았다. 그래도 나에게는 작가가 되는 것이 먼저라고 생각했고, 생계를 위한 일은 그다음이라고 생각했다. 우리나라의 평균 근로 시간을 생각했을 때 일을 하면서 글을 쓰는 일은 거의 불가능해보였다. 그렇기에 조건에 맞는 단기 일자리가 있으면 하겠다고 생각했고, 거기에 맞는 게 일자리 사업이었다.

고립을 겪는 이유는 각기 달라도 일을 하기 어렵거나, 사람을 만나기 어려워 하는 경우는 비슷하다. 이로 인해 사람과의 접촉은 줄이되, 어느 정도 일을 할 수 있게 도와줄 수 있는 일자리가 생기고 있다. 그것이 일본에 있는 곰 손 카페(Bear Paw Cafe) 모델이다. 이 카페에서는 곰 손

인형으로만 손님을 만난다. 서로의 얼굴은 확인할 수 없고, 손짓으로만 손님과 소통하여 일하는 사람의 심리적 부담을 덜어준다.

지금도 고립 경험이 있었다는 것을 다른 사람에게 쉽게 이야기하기가 어렵다. 굳이 이야기할 상황이 아니면 이야기하지 않는다. 대부분의 당사자도 마찬가지일 것이다. 자신의 치부를 다른 사람에게 드러내기는 쉽지 않다. 그러다 보니 미숙한 행동을 본 상대는 그것이 나의 전부라고 받아들인다. 그렇기에 두 번의 일 경험을 하는 동안 한 번은 사람들과 갈등이 있었고, 다른 한 번은 어울리지 않는 것을 택했다.

애초에 사람들과 잘 어울리는 편이 아니었기에 인간관계에 대한 기술이 부족한 것은 어쩔 수 없었다. 그리고 상대에게 그것을 이해해달라고 일일이 양해를 구할 수는 없다. 그래도 사회에서 어느 정도 이런 사람들을 재사회화할 수 있는 장치가 필요하다고 여긴다. 그 중의 하나가 일 경험일 것이다. 많은 고립청년이 사회로 나올 때 일경험 사업에 들어갈 확률이 높다. 그렇지만 그들에게 멘토나 상담사가 붙어 있지는 않다. 그런 상황에서 일에 적응할 수 있는 가능성이 얼마나 되는지 의문이다.

무작정 고립 경험이 있는 사람만을 위해 온 세상이 노력을 기울여야 한다고 주장하고 싶은 것은 아니다. 그럼에도 가능성이나 희망은 있어야 한다. 그래야만 고립 중인 사람에게도 좋은 사업이 있으니 거기에 도전하도록 안내하고 독려할 수도 있을 것이다. 내가 고립했던 당시에는 그런 가이드가 없었다. 그저 사람들과 어울리면서도 큰 상처는 입지 않고 관계를 이어갔으니 운이 좋은 경우다.

고립 당사자의 경우 사회에 다시 나오려고 했을 때 겪는 좌절에 더 취약하기 때문에 세심한 주의를 기울여야 한다. 효과성은 차치하더라도 없는 것보다는 낫다는 생각으로 시작하면 반드시 문제가 발생한다. 그 후로는 문제가 고착화된다. 물론 그렇게 해서라도 얕게 고립감을 느끼는 사람은 지원이나 프로그램을 통해 벗어날 수 있다. 그렇지만 그것이 오랜 기간 고립한 당사자에게까지 와닿을지는 의문이다.

고립에서 벗어나기 위한 과정 1

고립에서 빠져나온 뒤 누군가의 도움을 얻었다고 하면 많은 사람이 자신이 도움을 주었다고 할 것이다. 그만큼 고립에서 벗어나기 위해서는 많은 사람의 도움이 필요하다. 고립이 길어질수록 사회와 인간관계에 대해 부정적으로 생각했지만, 그 와중에도 나를 호의적으로 대해준 사람들이 있었다. 가족도 내가 사회에 나오기까지 기다려줬고, 친구들도 마찬가지였다. 가뜩이나 적은 인간관계에서 갈등이 있었을 때 관계를 끊어버리는 식으로 어설프게 문제를 해결하고는 했다. 그렇지만 때때로 상대의 중재로 갈등을 풀어내기도 했다.

그 과정에서 많은 과정이 있었지만, 그것을 정확히 그리기가 어렵다. 특히 내가 사회에 나온 계기를 꼽기가 어렵다. 공식적으로는 독서모임에 꾸준히 다니면서 사회와의 연결망을 꾸준히 이어왔고, 니트생활자에서 운영하는 니트컴퍼니 프로그램을 통해 사회에 대한 신뢰를 쌓아 용기를 얻은 점을 꼽을 수 있을 것이다. 그렇지만 그게 결정적인 계기가 될 수 있었던 것도 사회에 나왔다가 다시 고립되는 과정이 있었기 때문이다.

　나는 마음 맞는 동료 한 명을 원했다. 그렇지만 내 상태에서는 그런 동료를 만나기가 어려웠다. 자신의 이야기만 하면서 상대를 의심하는 태도로는 누구든 나를 호의적으로 대하기 어려웠을 것이다. 그런 데다가 고립 생활을 길게 한 것을 두고 누군가는 내가 잘사는 집안을 배경으로 두고 있다고 오해하기도 했다. 블로그에서는 유명하지 않았지만 작가라는 정체성을 내세우고, 책을 많이 읽는 것을 내세워 사람들에게 나름대로 피력했다. 이를 통해 많은 응원을 받았고, 위안을 얻었다.

　세상과 연결될 수 있는 끈을 갖기 위해서는 자기 이해가 중요하다. 자신이 무엇을 하고 싶고, 무엇을 좋아하는지 안다면 그것을 통해 세상과 연결될 수 있다. 나와는 다른 이유이지만 비슷하게 고립하듯 사는 친구에게도 돈벌이를 위한 일 이외 다른 취미를 가지라 요청하기도 했다. 친구는 게임을 좋아하고, 다른 일이나 취미에는 관심이 없었다. 나 역시 게임을 즐기는 편이었지만 성격상 게임 안에서 다른 유저와 친하게 지내는 것은 아니었다. 친구 역시 마찬가지여서 관계를 이어줄 만한 활동이 필요했다.

하나의 취미로 추천한 것이 독서모임이었지만, 그것은 나와 맞는 일일 뿐이다. 친구는 독서에 흥미가 없었기 때문에 소극적으로 활동하는 것에 그쳤다. 나 역시 그 친구와 먼 간격으로 만나 어중간한 대화를 했을 뿐, 친구에 대해 잘 알지 못했다. 지금 생각해도 그 친구에게 무언가를 제시할 수 있을지 모르겠다.

그런 점에서 나는 다른 사람보다 더 나은 상황이기는 했다. 인간관계가 완전히 끊어진 것도 아니었고, 책을 좋아했기 때문에 그것을 통해 연결점을 만들 수 있었다. 그러한 것이 없이 고립에서 빠져나오려고 했다면 막막했을 것이다. 다만 다른 사람에게 권할 수 있는 것이 떠오르지 않는 것은 나의 한계로 인한 것이지, 다양한 활동을 많이 한 사람이라면 더 많은 경험을 갖고 있기 때문에 가능성을 제시할 수 있을 것이다.

　사람을 대하는 마음가짐이 변화하는 것도 중요하다. 나는 오랜 기간 고립 생활을 하기도 했고, 늦은 나이에 인간관계를 맺었기 때문에 인간관계를 예민하게 받아들이기도 했다. 인간관계는 많이 경험하면 된다는 것이 정설로 받아들여진다. 문제는 고립되어 있을 때는 그런 처방이 도저히 불가능하다는 것이다. 물론 그 사람이 가능한 범위 내에서 단계적으로 일을 해내는 것도 방법이기는 하나, 아예 시작하기도 어려울 때 어떻게 용기를 낼 수 있는지에 대해서는 알기가 어렵다.

　그런 부분에 있어서는 책과 유튜브가 어느 정도 도움이 되었다. 책이나 인터넷으로만 사회 기술을 배우는 것은 비웃음거리가 되기도 한다. 가르쳐주는 대로 행동했다가 오히려 역효과를 불러일으킬 수도 있다. 그렇지만 어떠한 공부 없이 행동할 경우 제멋대로 하기 쉽기 때문에 그것은 그것대로 반감을 불러일으킬 수 있다. 무엇보다 나에게 있어서는 사람들이 생각 이상으로 나에게 무관심하다는 사실이 주요했었다. 나는 내향적이고, 예민한 성격으로 인해 사람들 앞에서 무언가를 행동하기를 엄청 망설였다. 그러나 사람들이 생각보다 무관심하다는 사실을 인식하면서 다른 사람의 눈치를 덜 보기 시작했다.

물론 그렇게 마음가짐을 갖기까지도 오랜 시간이 걸렸다. 어느 책에서는 사람들이 자신에게 관심이 없는 것을 확인하기 위해 옷의 사소한 부분에 시선을 끌 수 있는 것으로 바꾸고 길거리를 활보하는 것을 권한다. 그렇게 하면 관심이 없다는 것을 실제로 체감한다는 내용이다. 그렇지만 내향적인 사람이라면 이런 방법을 사용할 리가 만무하다. 대신 사람들이 생각보다 나에게 무관심하다는 것을 꾸준히 기억한다면, 다른 사람의 시선으로부터 나를 보호할 수 있다.

사물이나 현상을 일반화하지 않는 태도도 필요하다. 너무 극단적으로 생각하면 행동의 범위가 제한된다. 예를 들어 나는 결코 거짓말을 하고 싶어 하지 않았다. 상대를 속이는 것은 무조건 죄악이라고 생각했다. 물론 거짓말을 하는 것은 잘못된 것이지만, 살면서 완전무결하게 살 수는 없다. 예전에는 그것을 적당히 가면을 쓰는 것이라고 생각했는데, 요새는 본캐와 부캐라는 개념을 활용

한다. 본캐는 책을 좋아하는 별종 독서가이지만, 부캐는 어느 정도 사회적인 가면을 쓸 줄 아는 사람이다.

돌이키면 주변에 이상한 사람이 자주 꼬이기도 했다. 그것은 스스로 사람을 판단할 능력이 부족했기 때문이기도 했다. 한편으로 나 역시 상대방을 존중하려는 마음에서 편견을 갖지 않고 대하려고 한 것인데, 결과적으로 서로에게 상처를 주었다. 물론 상대의 가치를 평가하고, 점수를 매겨 판단하라는 것은 아니다. 다만 건강하지 못한 인간관계를 주변에 둘 경우 고립 성향이 강해질 확률이 높다.

사람들이 가진 특징이나 성향이 다르기 때문에 마음에 맞는 사람끼리 모여 공동체를 구축할 수도 있을 것이다. 그러니 어떤 가치가 도덕적으로 옳고 그른가를 따지는 것은 당장에 판별하기가 어렵다. 오히려 그런 과정은 겪어야 아는 일이기도 하다. 다만 인간관계에 있어 잘못 얽힐 위험이 있다는 것은 인지해야 한다. 나는 너무 조심스러운 편이어서 관계를 쉽게 끊어내는 편이다. 고립 성향이 강한 사람들은 그러기가 쉽다. 그것은 기존의 관계에서도 마찬가지로 적용된다. 다만 그렇다고 해서 모든 인간관계를 포기해서는 안 된다.

　고립 당시에는 내 상황에 대해서 비관하지 않았다. 그것으로 인해 고립 생활에서 그나마 덜 우울하게 지낼 수 있었지만, 돌이키면 그때 나 자신이 상당히 외로웠을 것이라는 생각도 든다. 몇몇 소수를 제외하고는 사람들과 연결되고 싶은 욕구는 누구에게나 있다고 생각한다. 다만 상황이 되지 않아서 그러지 못할 뿐이다. 그렇기 때문에 고립된 상황에서 만족하지 말고, 어떤 식으로든 사람들과의 연결은 이어놓는 게 좋다. 그런 점에서는 온라인의 연결도 좋다고 생각한다.

　물론 온라인은 쉽게 끊어지는 경우도 있고, 이로 인한 폐해도 있지만 어느 정도 도움이 된다. 온라인에서 연락하던 사람들을 오프라인에서 만나기도 했다. 그게 아예 모르는 사람을 오프라인에서 바로 만나는 것보다는 낫다. 물론 온라인에서 알던 사람을 오프라인으로 만나는 경우 기대에 못 미치는 경우가 많다. 그래서 온라인의 인연은 온라인으로 남기는 게 낫다는 사람도 있다. 그렇지만 고립 중인 사람에게는 관계를 연결할 수 있는 방법이 많지 않기 때문에 그렇게라도 연결을 하는 것도 방법이라고 여긴다. 그것이 어떤 계기로 이어질 지는 아무도 모른다.

고립에서 벗어나기 위한 과정 2

고립에서 나오고 활동하면서 사람들과 소통할 일이 많아졌다. 그렇지만 그런 경우에도 대부분 제대로 대화를 이어간 적이 없다. 그럴 때마다 그게 다 내 잘못인가 생각했다. 사람 사이에 보이지 않는 벽 같은 것이 존재했다. 그것이 사람과 사람 사이에 있는 기본적인 것일 수도 있지만, 어쩌면 내가 겪지 못한 경험의 몫이라는 생각이 들었다. 그것을 겪었던 때가 처음 일자리 사업에 참여하면서 의견 충돌이 있을 때였다. 일 자체가 프로젝트 형식이어서 사람들 간의 의견을 조율해야 하는 일이어서 단순히 일만 한다고 해서 끝낼 수 있는 것은 아니었다. 그때 당시에는 사람들이 악의적으로 행동한다고 의심했다. 그렇지만 시간이 지나고 보니 내가 잘못한 점도 있었다.

다른 사람의 호의를 그대로 받아들이거나, 악의를 받아칠 줄을 몰랐다. 어쩌면 인간이라는 존재가 복잡한 존재인데, 한쪽으로만 사람을 보고 생각했다. 때때로 상대 역시 나의 부족한 면만 보고 책잡는 경우도 있었다. 그런 사람에게는 별로 이해를 구하고 싶지는 않았다. 내가 살기 위해서는 굳이 누군가에게 이해를 구할 필요가 없었다. 그때 당시에는 그렇게 해서라도 힘을 길러야 했다.

인간관계는 정답이 없고, 많이 어울려야 자신의 노선을 정할 수 있다. 심지어 그 끝에 나온 선택이 고립이라면, 그 선택도 이해하고 존중해야 하지 않을까 싶다. 그렇지만 나는 사회에 나오는 것도 하나의 선택지로 남겨두었다.

활동을 하고 쉬기를 반복하면서 사람을 만나는 주기를 조절했다. 일부러 의도한 것은 아니었다. 프로그램이 끝나면 사람을 만나기가 어려웠다. 프로그램에 참여해도 대부분의 프로그램에서 사람과 어울리기가 어려웠다. 사람들은 프로그램에서 사람을 만나기를 선호하지 않는 것 같았고, 그렇지 않다고 하더라도 나 자신이 사람들과 어울리는 것을 어색해했다. 낯가림도 심했고, 소극적인 태도로 인해 사람들의 흥미를 끌지 못했다.

그러면서도 인간관계를 갈망했기에 꾸준히 프로그램에 참여했다. 결과적으로 그것이 사람들과 연결되어 사회에 나오는 계기가 되었다. 프로그램에 한 번 참여하고 나서 다시 참여하는 주기가 긴 편이었기에 그 사이에 마음의 여유를 둘 수 있었다. 그때는 스스로의 모습이 어색하기도 했다. 보통은 집에서 고립된 시간을 보내며 책을 읽거나 게임을 하는 것이 일상의 전부였다. 그러다가 밖에 나와서 사람들과 어울리다 보면 나와 안 어울리는 자리에 있는 것 같았다.

사람들의 대화 소재는 대부분 현실적인 것이 많았다. 가볍게 날씨 이야기로 시작해서, 보통은 어떤 여행지를 다녀왔다든지, 요새 유행하는 가게나 상품이 무엇인지, 아니면 사회 전반에 걸친 정치, 경제적인 문제 같은 주제 등이었다. 대부분의 사람들은 자신의 속내보다는 표면적인 것에 대해 이야기하며 사람들과 적당히 어울렸다. 나는 그런 이야기가 시시하고 따분하다고 느꼈다. 내가 인터넷을 통해 본 것을 이야기하려고 해도 사람들은 잘 이해하지 못하거나 어색하게 대꾸했다. 그럴 때마다 어김

없이 무너졌다.

그런 시간을 반복하다 보니 스스로의 위치를 잡을 줄 알게 되었다. 굳이 논란이 될 수 있는 말을 하는 것보다는 차라리 침묵하는 게 낫다. 사람들은 자신의 이야기를 들어주는 것을 좋아하기에 말을 하기보다는 들어주는 편을 택했다. 그러다 보니 사람들도 나를 친근하게 대하기 시작했다. 그렇다고 해서 사람들과의 관계가 진전된 것은 아니었다. 그저 어울릴 줄 알게 되었다.

아직도 나는 고립에서 완전히 벗어났다고 하기는 어려울 것이다. 적어도 지금 상태가 고립되었다고 할 수는 없지만, 고립의 그늘에서 완전히 벗어나지는 못했다. 그것은 단순히 직업의 유무 때문만은 아닌 것 같다. 적어도 직업이 나의 상태를 적당히 설명할 수 있어도, 직업을 가진 것만으로 고립이 해소될 것이라고는 생각하지 않는다. 오히려 내가 바라는 것은 사람들과의 자연스러운 연결이다.

사람들에게 스스럼없이 인사하고, 유쾌하게 이야기하며, 많은 사람의 관심과 인기를 받고 싶은 것이 아니다. 그저 사람들과 함께 있을 때 어색하지 않고, 겉돌지 않기를 바랄 뿐이다. 그리고 상대의 시선을 너무 의식하지 않기를 원한다. 내가 위축되었던 것은 다른 사람의 시선을 의식했기 때문이다. 스스로 위축되지 않는다면 그것만으로도 충분하다.

독서와 온라인을 통해 쌓아올린 언어와 세계관은 현실과의 간극이 컸다. 고립 중인 사람은 이러한 간극을 얼마간 갖고 있다. 결국 재고립 되는 것을 방지하기 위해서는 이 간극을 줄여나가는 게 필요하다. 그리고 그것은 작은 시도로부터 출발한다. 나는 여전히 매장에서 주문을 잘하지 못한다. 일행이 있으면 일행이 대신 해주고, 그럼에도 어쩔 수 없이 해야 할 때는 한다. 그런 과정에서 느끼는 수치심도 있다. 그래도 시간이 지나면서 차차 익숙해졌다. 그것을 어떻게 극복했는지는 이제 기억이 잘 나지 않는다.

시간이 지나면 그래도 눈에 띄는 변화가 생긴다. 낯선 사람과 접촉하는 것을 두려워해서 전화를 하거나, 받는 일을 어려워했다. 일을 해야 할 때는 어쩔 수 없이 할 수밖에 없었다. 그렇게 하다보니 전화를 하는 사람도, 전화를 받는 사람도 서로를 어려워 할 수 있다는 생각이 들었다. 다른 사람을 두려워하는 것은 사람들도 마찬가지였다. 그런 사실을 깨닫기까지 오랜 시간이 걸렸다. 물론 그 사실을 머릿속으로는 알더라도 현실에 적용하기가 쉽지는 않았다. 걸음마를 떼는 것처럼 하나하나 해야 하는데, 어쩐지 세상은 급박하게 돌아간다. 세상을 알기 위해 상처를 받아야 한다는 것은 사회에서 암묵적으로 정한 규칙인 것 같다. 그래도 그 상처의 내성을 기를 수 있는 방법에 대해서 좀 더 고민해야 한다. 모든 과정을 단계별로 겪을 수 있으면 그나마 납득하기가 쉬웠다. 가이드가 있는 것이 좋았다.

아침에 일어나기

고립 생활을 하다 보면 밤낮이 바뀐다. 컴퓨터나 스마트폰에 빠져 있기도 하고, 누워서 무기력하게 시간을 보내서 생활 패턴이 꼬이기 때문이지 않을까 싶다. 그렇기 때문에 의식적으로라도 아침에 일어나려는 노력이 필요하다. 나는 고립 생활 중에 생활 패턴을 바꾸었다. 그렇게 한 계기에는 두 가지 이유가 있었다. 우선 백수 생활을 하면서 적어도 아침에 일어나는 생활을 해야 부모님이 눈치를 덜 준다는 인터넷 게시물을 읽었기 때문이다. 그리고 장강명 작가가 직장인을 존중한다는 의미에서 9 to 6에 시간을 맞추어 원고 작업을 한다는 이야기를 접했다. 그렇기에 무언가를 하더라도 낮에 하는 습관을 기르려고 했다.

그런 이유로 아침에 일어나기를 시도했지만, 생각보다 쉽지는 않았다. 고립과 재고립의 시간에서 점점 개선되었지 단번에 되지는 않았다. 프로그램에 참여해서 강제로 동기를 부여하는 방법도 있을 것이다. 그렇지만 내 생각에는 고립에서 벗어나는 초기라면 별로 권장할 수 있는 방법은 아닌 것 같다. 오히려 늦게 자게 되는 요소를 제거하는 것이 주요했다.

나는 온라인 게임을 하거나 인터넷 방송을 보는 것을 좋아했다. 특히 인터넷 방송은 보통 늦은 시간에 하는 경우가 많기 때문에 밤을 새우며 보는 경우가 많다. 곧장 게임과 인터넷 방송을 끊으려고 하면 오히려 생각이 나 손을 대고, 다시 원래 상태로 돌아가는 것의 반복이었다. 그래서 천천히 끊는 것을 택했다. 늦은 새벽에 잠드는 경우 그보다는 시간을 당겨서 밤 12시에 잔다든가 하는 식으로 시간을 바꿨다. 그것을 꼭 지켰던 것도 아니다. 하던 것이 재밌으면 더 늦은 시간에 자고는 했다. 그런데 한 번 그렇게 하면 생활패턴이 다시 망가지기 때문에 늦게 자는 횟수도 점차 줄여나갔다.

게임을 하거나 놀더라도 낮에 하는 것을 권한다. 그런

데 이렇게 하기가 쉽지 않다. 가족과 같이 사는 경우 가족의 눈치가 보이고, 스스로도 시간을 낭비한다는 조바심이 들기 때문이다. 이 지점이 어려운 지점이기는 하다. 긴 기간 고립을 하면 가족은 나를 방치하지만, 내가 노는 모습은 참지 못하여 핀잔하기도 한다. 그게 당연한 반응일 수 있으나, 스스로 위축되면 오히려 패턴이 망가진다.

그렇기에 나에게는 하나의 장치가 있었다. 나는 작가 지망생이었으므로 독서를 하거나 글을 쓰는 시간이 있었다. 그렇기에 아침에 일어날 때 스마트폰으로 최근 관심사를 확인하며 잠을 깨고, 그 다음에는 내가 하고자 하는 일을 수행해 나간다. 그렇게 하루의 일과를 보내면 거기에 대한 보상으로 나머지 시간에는 자유롭게 논다. 그렇게 해봤자 공부하거나 작업한 시간이 그렇게 길지는 않았다. 그렇지만 그렇게라도 해야 낮 시간을 활용할 수 있는 용기가 생긴다. 그렇게 하면서 작업 시간도 점점 늘려 나갔다.

그렇게 하다 보니 자연스레 활력이 생겼다. 그러나 아침에 일어나면서 일상을 보내는 것만으로는 고립 생활에서 벗어나는 데에 결정적인 계기는 되지 않았다. 그렇지만 그렇게 활력을 얻으니 다른 활동에도 적극적으로 임했으므로 맞물린 면이 있다. 지금도 프리랜서 생활을 하고 있다 보니 밤낮이 바뀔 수 있는데, 여전히 아침에 일어나는 습관은 꼬박꼬박 지키고 있다. 사람들이 어떻게 그렇게 할 수 있냐고 묻는데, 오랜 고립 생활을 하면서 스스로 생활 패턴을 지키려고 노력하다 보니 자연스럽게 됐다.

고립 생활을 하면서 생활 패턴을 잃고, 다시 일반적인 생활 패턴으로 돌아가는 데에는 수년이 걸렸다. 어쩌면 다른 동기부여를 통해 정상적인 패턴으로 돌아갔을 수도 있었을 것이다. 그렇지만 이것은 거의 순전히 혼자만의 노력으로 한 것이다. 그러다 보니 나는 의지만으로 가능하다는 말을 믿지 않는다. 의지를 갖는다고 금방 꺾여버리니 의지를 갖는다고 되는 일은 아니다. 그래도 중요한 것은 한 번 시도했다가 실패하더라도 다시 도전하는 것이다.

물론 다시 도전했다가 실패해도 절망스러운 것은 마찬가지다. 어쩌면 이렇게 지내다가 영락없이 무저갱의 삶을 사는 것이 아닌가 하는 생각이 들기도 했다. 그런데 그런 자조가 별로 도움은 되지 않았다. 오히려 이래서는 안 되겠다는 생각 정도만 갖고, 어차피 실패할 수도 있으니 다시 도전하자는 생각이 도움이 되었다.

이 방법은 모든 고립 중인 사람에게 적용할 수 있는 것은 아닐 것이다. 고립의 깊이가 깊은 사람들은 스스로 빠져나오기가 어려울 수 있다. 그래도 회복하고자 하는 의지가 있으나 다른 사람에게 도움을 요청하기가 싫은 경우에는 이렇게라도 스스로 원칙을 만들고, 그것을 지키는 방식으로 습관을 다진다면 유효할지도 모른다.

반대로 아침에 일어나지 못하고 늘 늦은 낮에 일상을 시작하는 고립 당사자들이 실패한 것은 아니다. 나 역시 오랜 시간을 그렇게 보냈고, 어쩌면 그런 시간이 있었기에 스스로 생활 패턴을 꾸릴 줄 알게 된 것이다. 우리에게는 우리 나름대로 시행착오가 필요하다. 그 시간이 얼마나 걸릴지는 몰라도 담담하게 받아들이는 것이 좋다. 오히려 초조해지지 않는 것이 도움이 된다.

소속감과 연결

소속감으로 끝나는 고립 생활

    서울시복지재단의 포럼에서 고립 경험 당사자로 발제를 맡았다. 당사자로서 처음 목소리를 내는 자리여서 이야기를 잘 전달할 수 있을지 걱정됐다. 발표는 익숙하지 않기에 많은 시간을 할애하여 자료를 만들고, 발표 연습을 했다. 발표 주제는 연결이었지만, 고립 경험을 말할 필요가 있다고 생각해서 그때의 경험을 이야기했다. 그 후 어떤 연결 경험이 고립에서 벗어나는데 도움이 되었는지를 이야기했다.

    이 과정에서 고립에서 벗어나려면 최소한의 연결망 하나가 필요하다는 결론이 나왔다. 보통은 가족이나 지인이 이러한 연결망이 된다. 그렇지만 고립 중인 사람은 그러한 연결망이 약하거나 없다. 나 역시 작가가 되겠다는 이유로 사회를 멀리했고, 이 과정에서 가족과 지인들의 이해를 받지 못했다. 그러다가 청년 프로그램에 참여하고 나서 서로의 다름을 인정하는 사람들을 만나면서 사회에서도 이런 곳이 있다는 것을 알게 되어 위안을 얻었다.

사람들에 대한 불신이 쌓이면 사회에 대한 의심으로 이어진다. 세상에서 나를 알아주는 사람은 어디에도 없다고 생각한다. 그런 상황에서는 상대가 아무리 부드러운 태도로 접근하더라도 튕겨 낼 수밖에 없다. 사회에서도 고립 당사자에 대한 인식을 바꾸지 않은 이상 당사자도 쉽게 마음을 열지 않는다. 오히려 잘못 접근하면 역효과를 불러일으킬 수 있다.

당사자에게도 변화가 필요하다. 그렇지만 변화가 이루어지기까지 지난한 시간이 걸린다. 내 경우에 고립 기간을 길게 잡으면 10년이다. 그 과정에서 사람을 만나거나, 모임에서 활동하기도 했다. 그렇지만 그 시간 동안 인간관계를 맺기 어려워했고, 상처를 받기도 했다. 그럼에도 좋은 사람도 있었고, 그런 사람들과 인연을 지속하면서 사회와의 연결을 완전히 끊지 않았다.

고립 당사자를 위한 지원은 프로그램 위주로 돌아간다. 사람의 인연이 언젠가 끝나듯 프로그램도 언젠가 끝난다. 그 후로 다시 혼자가 된다. 물론 여러 프로그램을 참여하면서 동료이자 연인인 인연을 만나면서 지속성을 얻었다. 궁극적으로 나와 맞는 동료를 만나게 된 것이다. 나에게 있어서 너무나도 큰 행운이었다. 그러나 모두가 그렇게 되는 것이 가능하리라 생각하지 않는다.

우리 둘도 프리랜서로 지내면서 딱히 소속된 곳이 없이 여러 가지 활동을 전전했다. 그 와중에 느슨하게 이어지는 관계는 있었지만, 인연이 깊게 이어지는 경우는 많지 않았다. 프리랜서는 말이 좋지, 아무 곳에도 소속되지 않은 것이다. 우리 둘은 자기소개를 하거나 근황을 이야기할 때, 소속된 곳이 있을 경우 그것을 주로 이야기했다. 적어도 소속을 이야기함으로써 다른 사람에게 나의 상황을 간편하게 정리할 수 있었고, 그것으로 안정감을 느꼈다.

안정적인 직장을 얻는다면 고립감이 해소될까? 그렇지만 안정적인 직장의 기준은 얼마를 벌어야 하는 것일까? 보통의 회사는 업무 강도도 높고, 직장 내 문화로 인한 스트레스도 크다. 겨우 조건을 만족하는 직장에 들어간다고 해도 사람들과 잘 어울리지 못할 수도 있다. 고립 기간이 길면 사람들과 어울리는 데에 시간이 필요하다. 그러니 그 기간 동안에 가장 알맞은 선택은 프리랜서로 사는 것이다.

요즘은 직장 생활을 오래 하다가 관둔 경우도 있다. C의 경우가 그랬다. 오랜 기간 직장 생활을 한 사람임에도 자신과 직장 생활이 맞지 않았음을 뒤늦게 깨달았다. 그래도 C의 경우에는 자신과 비슷한 동료와 함께 활동을 이어나간다. 그런데 사회 경험이 적은 경우에는 그렇게 하기가 어렵다.

그러다 보니 니트생활자의 활동이 주목이 간다. 니트생활자는 니트라는 정체성을 전면으로 내세우며, 그들이 모여 활동할 수 있는 〈니트컴퍼니〉라는 프로그램을 운영한다. 프리랜서, 취업준비생, 백수 들이 모여 자신이 하고 싶은 일을 정하고, 정한 대로 하루를 보낸다. 이곳의 규칙은 자신이 정한 원칙을 꾸준히 지키는 것뿐이다. 그렇게 하여 일상의 루틴을 만들고, 이를 통해 활력을 얻는다.

니트컴퍼니의 효과는 무엇보다 소속감을 준다는 것이

다. 모종의 이유로 단체에 소속될 수 없는 사람들이 한 곳에 모여 소속감을 느끼며 활동한다. 사람을 자주 만나지 않던 사람도 정기적으로 사람을 만나며 소통하고, 여러 다양한 활동을 통해 인간관계를 맺기도 한다. 이곳에서 활동한다고 해서 돈을 준다든가, 이력이 생기는 등의 생산성 있는 결과를 얻는 것은 아니다. 그럼에도 이곳을 통해 다른 사람과의 연결감을 얻을 수 있다. 그것은 사람들이 돈을 벌고 삶을 유지하면서 영위하려고 하는 목표와 비슷하다. 일하지 않는 사람도, 고립 중인 사람도 그런 연결감을 얻을 자격이 있다. 그것이 인간으로서 가진 본능이자, 존엄이다.

사람들은 이곳에서 활력을 얻고 새로운 곳을 찾아 떠나갈 것이다. 떠난다면 어디로 가야 할 것인가 생각한다. 그런 부분을 생각하면 고민이 된다. 고립·은둔 관련 활동가를 만나 이야기를 듣다 보면 사회 생활이 어려운 당사자들을 당장 사회로 꺼내도 괜찮은가에 관한 문제를 접한다. 사회가 아직 받아들일 준비가 되지 않았는데, 덜컥 사회로 끌어들이면 오히려 더 큰 상처를 줄 수 있기 때문이다.

그것은 여러모로 윤리적 차원의 질문에 가깝다. 그렇지만 이미 고립 문제는 사회적 문제로 떠올랐고, 이를 개선하기 위한 노력은 필요하다. 가장 먼저 당사자의 의향을 파악하는 것이 중요하다. 나 역시도 당장 사회로 꺼내려는 시도에 거부감을 느꼈다. 게다가 그런 시도는 일을 통한 것이 대부분이었다. 그것으로 인해 여러 갈등을 빚었다. 고립 생활도 괜찮았다. 고립된 일상은 아무 일 없이 흘러간다. 그러니 미래가 불안하다는 것 외에는 딱히 문제가 없었다. 그렇지만 고립에서 벗어난 이후 과거의 나를 돌아보면 그때의 내가 굉장히 쓸쓸했다는 것을 느낀다. 모두가 그렇지는 않겠지만 많은 당사자가 그렇지 않을까 생각한다.

심지어 나 역시 다시 고립되지 않으리라는 법이 없다. 그렇게 되지 않으려고 노력하지만, 여전히 나는 직장 밖에서 내 길을 찾기 위해 노력하고 있다. 그러다 보니 나와 비슷하게 활동하는 사람을 많이 만난다. 그러니 그런 사람들이 어떻게 지금의 상황을 버티고, 유지하고 있는지 궁금했다. 그리고 그것을 알면 고립 중인 사람들이 사회로 나오려고 했을 때 어떤 도움을 받을 수 있는지 참고가

되지 않을까 싶다. 프리랜서들이 서로 모여 정보를 공유
하며 돕듯, 고립 경험을 한 당사자들을 모아 고립에서 벗
어날 수 있는 구체적인 단서를 모으고 싶다.

좋은 소속감 이후의 삶

나는 어디에서도 소속감을 못 느꼈기 때문에 온라인에 의존하면서 시간을 보냈다. 그렇지만 온라인은 익명성이 강하기 때문에 쉽게 연결이 끊어지고는 했다. 몇몇 사람과 연락을 이어가기도 했지만, 물리적 거리로 인해 실제로 만나는 경우는 적었다. 그렇기에 신체적으로나 정신적으로나 극심한 고립감을 느꼈지만, 그때는 나와 비슷한 동료를 만나면 해결되는 문제라고 생각했기 때문에 그런 동료를 찾기 위해 노력했다. 그렇지만 결과적으로는 모두 실패했다. 그리고 나니 이것이 순전히 내 문제인가 의심하기에 이르렀다.

그런 상태에서 만난 니트컴퍼니 프로그램은 나에게 큰 변화를 가져다주었다. 이곳의 프로그램 중 하나로 인터뷰 시간이 있다. 인터뷰 시간에는 니트 당사자로서 어떤 삶을 살아가고 있고, 어떤 생각과 감정을 느끼고 있는지 이야기한다. 이야기를 들으며 각자 다른 고충이 있음을 느끼면서 서로 공감했다. 사람들과 이야기를 하면서 마음이 열리고, 나만 힘든 게 아니라는 것을 느꼈다. 이렇게 위로를 받은 경험이 꼭 이곳과 계속 연결되지 않더라도 삶을 지속할 수 있는 힘이 되었다.

그렇기에 프로그램이 100일 후에 끝난다고 해도, 큰 미련은 두지 않았다. 어차피 사람이 모이고 헤어지는 것은 당연하다고 생각했기 때문이다. 어쩌면 소속에서 벗어나는 순간, 다시 고립될 수도 있다. 인터뷰이 중에도 그러한 위험을 말한 사람도 있다. 그렇지만 그렇게 되지 않기 위해서 그들도 다시 다음 기수를 신청하고, 니트생활자에서도 그들을 받아들여준다.

내 경우에는 니트컴퍼니에서 이어진 인연으로 애인을 만나게 되었다. 그 이후로는 애인과 함께 시간을 보내면서 일하고, 사회 활동을 하면서 자연스레 고립에서 빠져나왔다. 어쩌면 이것이야말로 내가 고립에서 벗어날 수 있었던 결정적인 이유다. 그렇지만 이것을 당당히 말하지 못했다. 왜냐하면 고립 중인 사람이 애인을 만나기가 어렵다는 것은 나 역시 경험했기 때문에 정답으로 제시하기는 어렵다.

애인과 나는 비슷한 처지에 있을 때 만났기 때문에 서로를 이해해 줬다. 데이트 비용을 계산할 때 연인 사이에는 잘 하지 않는 더치페이를 하기도 했다. 그렇지만 단순히 밥값을 누군가가 계산해 줬다는 것만으로는 그치지 않는다. 서로의 꿈이 있기에 그것을 지지해 주고, 응원했다. 그렇기에 우리가 만나기 위해 얼마나 많은 우연이 작용했는지 이야기하기도 한다. 그것은 단순히 운명론을 예찬하려는 것이 아니다. 우리가 만날 수 있었던 것은 수많은 우연이 작용한 결과이지만, 어쩌면 비슷한 생각과 가치관을 갖고 있었기 때문에 만날 수 있었다. 무엇보다 비슷한 가치관을 공유하는 당사자들이 모인 프로그램이 있었다.

현대 사회는 너무나 다양한 가치가 혼재하고 있고, 사람들은 몇 가지 가치를 선택하여 자신의 신념으로 삼는다. 물론 현실을 살아가는 사람들이라면 다소 그런 것들을 물러두고 사회에서 생활할 수 있다. 그렇지만 나 같은 사람에게는 포기할 수 없는 지점이 있다. 그것을 사회에서 전부 이해해달라고 할 마음은 없다. 그러나 적어도 비슷한 사람들이 모일 수 있는 환경이 조성되고, 서로가 교류할 수 있는 환경이 주어진다면 조금이라도 숨을 돌리며 살아갈 수 있다.

그래서 나는 항상 유대감을 형성할 수 있는 공동체가 있었으면 했다. 현재는 고립청년 문제가 불거져서 이를 중심으로 모이고 있으나, 그보다 청년 당사자들의 정체성을 내세울 수 있는 단체가 많아져야 한다고 생각한다. 그런 점에서 니트생활자의 프로그램도 그러한 역할을 한다. 그 안에서 서로의 생각이나 가치관이 반드시 일치할 필요는 없다. 이미 회사 밖에 존재하는 사람이라는 공통점이 그 안에서 유대감을 만들어주기 때문이다.

고립 중이거나 은둔 중인 사람을 어디에서 만날 수 있는가 항상 의문이다. 인터넷을 통해 만날 수 있다고 하지만 그 안에서도 스스로를 드러내지 않기에 찾아내기가 어렵다. 이에 대한 단서를 발견할 수 있었던 것은 어느 그림 학원 강사가 운영하는 유튜브를 통해서였다. 그 유튜버는 〈백종원의 골목식당〉과 유사한 방식으로 사연이 있는 그림 작가 지망생들을 찾아가 상담해준다. 출연자들은 대부분 장기 지망생이고, 그림의 꿈을 제대로 펼치지 못하고 있는 사람들이다.

사연을 신청한 몇몇 사람은 은둔 중이어서 집 안이 쓰레기로 가득 차 있는 경우도 있었다. 한 사례의 경우 부모가 저장 강박증이고, 본인도 어떻게 해결해야 할지 몰라서 방치한 경우다. 사연자는 자신의 꿈으로 어떻게 해서든 이 상황에서 벗어나려고 한다. 그렇지만 환경도 제대로 안 되어 있는 상황에서 꿈을 키우기는 어렵다. 유튜버의 입장에서 해줄 수 있는 것은 같이 쓰레기를 치워주고, 그림에 대한 몇 가지 조언을 한 뒤 학원을 다니게 해주는 것뿐이다.

고립·은둔 성향이 있는 사람 중에서 애니메이션을 좋아하는 사람이 많다고 한다. 애니메이션에 빠져서 고립·은둔이 된다고 생각하면 곤란하다. 나 역시 애니메이션을 좋아했는데, 그것은 집 안에서 볼 만한 콘텐츠가 없어서 소비하는 쪽에 가까웠다. 어린 시절부터 애니메이션을 좋아하는 사람도 있을 것이다. 상대적으로 내향적인 사람이 애니메이션을 좋아하기도 한다. 그렇다면 애니메이션과 일상의 접점을 만들어가는 것도 방법이라고 여긴다.

고립·은둔 중인 사람이 아무것도 안 하고 있다고 생각하는 경우가 많다. 그렇지만 그들이 좋아하는 것이 사회에서 선호되지 않는 것이기에 단지 취미로 하고 있을 뿐이고, 그들 각자가 다양한 분야에 관심이 있다. 애니메이션을 좋아하는 사람들은 안 좋은 방향으로 오타쿠라고 생각하는 경우도 있고, 그런 사람들은 대부분 은둔한다고 생각하는 경우도 있지만 자신의 일상 생활을 영위하면서 취미로 즐기는 사람도 많다.

요새는 중독을 의존이라고 부른다. 인터넷, 게임, SNS가 모두 중독적인 성향이 있는 것은 분명하지만, 그 사람이 어떤 환경에 처해있는지에 따라 의존도를 조절할 수도 있다. 그렇기에 단지 콘텐츠를 비판하는 것만으로는 문제가 해결되지 않는다. 그런 점에서 23년 말에 진행했던 청년 도약 공모전이 흥미롭다. 서울광역청년센터와 인기 서브컬쳐 게임 회사가 협업하여 청년센터와 정책을 홍보하는 공모전이었다. 실질적으로 게임 소비층 중에 고립 중인 사람들도 있을 것이니 그 사람들에게 와닿는 홍보를 한다면 도움이 될 것이다. 서브컬쳐의 유래는 자신이 선호하는 비슷한 기호의 취향을 공유하는 문화에서 비롯했다. 공통의 문화를 통해 소외감을 극복할 수 있다.

허들이 낮은 곳

　고립에서 벗어날 수 있는 계기로 환대를 꼽는다. 재고립에서 벗어나기 위해서도 마찬가지다. 고립 이후에 사회에 나온 후 겪는 일은 사회 생활을 하기 위해 누구나 겪는 과정일 수 있다. 그렇지만 몇 년 간의 공백기가 있으면 다른 사람에게 설명할 길이 없다. 미숙한 행동도 개인의 행동 특성으로 여겨지고, 점점 나올 수 없는 수렁에 빠진다. 그렇기에 사회 기술을 익힐 수 있는 장소가 필요하다.

　전국에 청년지원센터가 만들어졌고, 나 역시도 청년지원센터의 수혜를 받았다. 센터는 사람을 만나는 공간으로 기능한다. 당장 할 일이 없거나, 사람을 만나고 싶은 청년이 모이는 공간이 센터라고 생각했다. 지역의 센터를 처음 설계한 센터장도 그런 부분을 염두에 두고 만들었다. 그렇지만 지금의 센터는 스터디 카페에 가깝다. 사람들 간의 네트워크는 프로그램을 통해 해소하지만, 정기적으로 사람이 모이는 경우는 좀처럼 없다.

이 부분은 요즘 청년의 선호하고도 맞물려 있다. 청년들은 굳이 서로를 깊이 알려고 하지 않는다. 그게 자신의 삶 때문에 바빠서 일 수 있다. 느슨한 관계만으로도 충분히 상대를 파악할 수 있다고 믿고, 그렇게 마음 맞는 몇몇 사람과 연락을 이어간다. 사단법인 오늘은에서는 이러한 현상을 관계실조라고 칭했다. 청년들은 굳이 나서서 희생하려 하지 않고, 무엇을 원하는지 종잡을 수 없다. 그런 청년들의 수요를 맞춰줄 수 있는 것은 실용적인 프로그램이다. 그런 프로그램을 운영하여 만족도 조사를 하면 높은 점수가 나오니 센터에서도 실적을 올리기에 좋다.

그게 아니라면 대뜸 공동체를 만들 것을 요구한다. 또래와 같이 활동하고 싶으면 지역 내의 3명 이상을 모아 오라고 한다. 어떤 경우에는 5명을 모아야 하는 경우도 있다. 지역에서 오래 생활했지만 같이 프로젝트를 할 만한 사람은 한 명도 있을까 말까다. 그리고 그 사람이 나를 위해 시간을 내어 주리라는 보장도 없다. 그런데 그렇게 사람을 모으라고 하니 막막하다. 심지어 어떻게 사람을 모았어도 원활히 진행되리라는 보장이 없다.

결국 사람들 간의 모임은 사적 영역에 속해 있다. 현재는 소모임 어플이 유행이다. 그 안에서 사람을 모아 모임을 꾸리고, 활동한다. 한편으로 이런 모임은 모임을 가장한 소개팅 어플이라는 이야기도 떠돈다. 취미로 끈끈하게 이어지는 모임도 존재하나 많은 사람은 연인을 찾기 위해 모임을 나오고, 모임은 생겼다가 사라지기를 반복한다. 특히 이런 모임의 경우에는 대부분 운영진들의 무급 봉사로 이뤄지기 때문에 운영진이 바빠지면 흐지부지된다.

여러모로 청년들은 잘 모이지 않는다. 그렇기에 다시 청년센터의 존재에 눈이 간다. 나는 가끔 농담처럼 노인정은 아무런 조건 없이 모이게끔 하는데, 왜 청년센터는 그렇지 않느냐고 말한다. 가끔 청년센터를 들려도 센터장이나 매니저와 접점이 없다. 청년지원센터의 몇몇 프로그램에 활동했지만, 그곳의 관계자들도 내가 고립 경험을 했었다는 사실을 모른다.

재고립 중일 때도 그렇게 용기는 많지 않았다. 그래도

스스로 나가야 한다는 생각에 센터에 문을 두드렸다. 그곳에서 어쩌다 용기를 얻어 활동을 시작했지만, 여전히 잘 모르겠다. 기존에 있던 센터장이 떠나고, 새로운 센터장이 부임하면서 센터에는 새로운 책상이 놓였다. 센터에 와서 공부하는 청년이 많은데 자리가 부족하다는 이유에서였다. 청년센터면 청년센터답게 어느 청년이나 머무를 수 있는 공간이 되었으면, 그리고 청년이 일자리 외의 문제로 상시로 상담할 수 있는 창구가 있었으면 좋겠다.

의도하지 않은 의외의 효과

    니트컴퍼니의 활동은 두 축으로 나눌 수 있다. 매일 평일에 자신의 활동을 인증하여 밴드(SNS)에 공유하는 루틴 형성, 속마음을 터놓고 이야기하거나 봉사활동, 모임, 전시를 통해 사람들을 만나는 네트워킹이 있다. 그런데 이는 고립 당사자가 고립에서 벗어나기 위해 제시되는 과제이기도 하다. 고립 문제를 다룬 고전 『스타벅스로 간 은둔형 외톨이』에서는 고립에서 빠져나오기 위한 방법으로 사회관계망 안에서 격려와 지지를 통해 정서를 회복하고, 작은 목표를 실천해 성취감을 느끼는 것을 제시한다. 은둔 당사자 지원기관인 〈사람을 세우는 사람들〉에서도 당사자에게 가장 처음으로 해야 할 일로 정서적 지지를 바탕으로 한 관계성 회복을 제시한다.

니트컴퍼니는 주로 루틴을 중시한다. 생활 습관이 형성되어야 자연스럽게 사회와 연결될 수 있는 힘이 생긴다. 그런데 니트생활자 공동대표인 E를 인터뷰하면서 그게 의도된 것은 아니라고 했다. 처음에는 원래 백수끼리 모여 자신의 목표를 설정하고, 그것을 수행하는 방식으로 프로그램을 운영했다. 그러다가 마침 카카오 임팩트에서 100일동안 루틴을 형성하는 프로젝트가 진행되어 협업했고, 그때부터 루틴 형성을 중심으로 하는 활동을 지속한 것이다.

이는 루틴에 대한 다양한 시선의 교차점을 고민하게 되는 부분이기도 하다. 청년 시기에 사회에서 고립된 경우 사회적 압박에 못 견뎌 고립된 것으로 추측된다. 그것은 사회에서 요구하는 과업의 강도가 문제일 수도 있고, 효율성을 추구하는 사회로 인해 개인을 타자화하는 문제에서 비롯된다는 의심도 있다. 그런 점에서 루틴은 개인을 효율의 관점으로 바라보고, 도구화할 수 있다는 우려가 있다.

나 역시 니트컴퍼니 활동을 통해 루틴을 형성할 수 있었다. 그때는 루틴을 형성했기에 꾸준히 삶의 활력을 얻을 수 있는 습관을 가질 수 있었고, 루틴을 쌓으면서 스스로 해냈다는 보람으로 인해 사회 활동을 할 수 있다는 용기를 갖기도 했다. 내 경우에는 하루 2000자 이상의 글을 쓰는 것을 목표로 했다. 그렇지만 몇 자를 썼느냐는 중요한 것이 아니다. 다만 삶을 살아가기 위해 최소한의 에너지를 낼 수 있는 활동을 당장 시작할 수 있는 것이 중요했다.

한편으로 니트컴퍼니를 통해서 경험한 것은 사람들 간의 느슨한 연대다. 루틴 형성을 바탕으로 하는 주요 활동은 대부분 온라인으로 이뤄진다. 때때로 니트컴퍼니에서는 오프라인 모임을 연다. 니트생활자에서도 오프라인 모임의 중요성을 강조한다. SNS를 통해 활동하는 사람을 보면 그 사람의 닉네임이나 프로필 사진이 보이는 게 전부다. 물론 대부분 상냥하고 친절하게 댓글을 달지만, 그 사람이 어떤 사람인지 직접 대면하지 않으면 가늠이 되지 않는다.

E와 이야기한 결과 사람들과 좋은 네트워킹이 이뤄지기 위해 고민하기는 하지만 그렇게 깊이 관여하지 않는다는 것을 알았다. 인력도 한계가 있고, 오히려 그런 개입

이 좋은 결과를 불러일으킬지도 미지수다. 어느 곳이나 사람이 모이면 충돌할 수 있고, 사건사고가 일어나기 마련이다. 그렇지만 이곳에서는 그 사람이 어떤 사람인지 판단하려고 하지 않고, 그저 사고가 일어나지 않도록 관리할 뿐이다. 거기에 대한 장치를 마련하는 것도 인위적이기 때문에 그때그때 유동적으로 움직이는 것도 좋겠다는 생각도 든다.

다만 우려되는 것은 고립 중인 사람의 대부분은 예민하다는 것이고, 사건사고에 휘말리면 그만큼 상처를 깊이 받을 수 있다는 것이다. 사람들과 소통하기가 어려워서 대부분 운영자하고만 소통하는 사람도 있다고 한다. 그런 사람은 내향적인 성향이 강할 수도 있지만, 고립 성향이 있는 사람이 아닐까 예상한다. 그렇기에 그들이 니트컴퍼니에서 활동을 하다 자칫하면 소외감을 느낄 수 있겠다는 생각도 든다. 이미 활동이 누적되어 그 안에서 이미 친해졌거나, 왕성하게 활동하는 사람도 있기 때문이다.

그렇기에 이것이 니트컴퍼니의 역할이자 한계이지 않을까 싶다. 기관에서도 현실적으로 모든 역할을 수행하기는 어렵다. 니트생활자는 기본적으로 대상을 따로 설정하지 않고, 모든 사람을 환대한다. 그렇지만 활동 기간이 길어지면서 프로그램에 참여하는 성향의 표준은 어느 정도 맞춰져 있다. 그러한 표준은 참여자가 단번에 이해하기는 어려울 것이다. 어쩌면 이해할 필요도 없다. 운이 좋으면 그 안에서 마음이 맞는 동료를 만날 수도 있을 것이고, 아니면 프로그램을 통해 약간의 의욕만 얻은 채 끝나버릴 수도 있다. 그건 개인이 얼마나 활동하느냐에 따라 달라질 수도 있지만, 순전히 운에 의해 이뤄질 수도 있다.

그렇게 생각하면 너무 깊이 고민하지 말고 '뭐라도 되겠지'라는 슬로건을 내세우며 시도하는 니트컴퍼니의 모습을 배우면 좋지 않을까 싶다. 나 역시 취재를 하면서 고립 문제에 관하여 뚜렷한 답이 있을까 하는 회의감을 느꼈다. 그렇지만 여기서 포기하지 않고 그저 다양한 사람들을 만나 이야기를 들으면 완전한 답은 아니라도 어떤 결론을 얻을 수 있을 것이다.

니트컴퍼니 주간회의

니트컴퍼니에서는 주마다 온·오프라인으로 주간회의를 한다. 오랜만에 니트컴퍼니에 참여하여 주간회의에 참여했다. 올해에는 바빠서 주간회의를 열지 않았다고 하니 거의 일 년 만이라고 한다. 이번 회의는 줌에서 진행했는데 이제는 다른 곳에서도 비대면 회의를 자주 하다 보니 줌에서 만나는 게 이상하지 않다. 예전 같았으면 화면을 킬까 말까 망설였겠지만, 이제는 자신 있게 화면을 켠다. 거기에 맞춰 뒤의 화면도 방 내부가 보이지 않게 세팅한다. 시간이 되어 접속하니 접속 인원이 서른 다섯 명이다. 원래는 소그룹을 나눠서 그룹별도 대화하려고 했지만, 즉흥적으로 자기소개를 하기로 해서 모두의 자기소개를 들었다.

사람들은 접속하자마자 편하게 대하는 운영자의 모습을 보고 마이크를 켜고 자유롭게 이야기한다. 오랜만에 느끼는 시끌벅적함이다. 나는 그 분위기에 적응하지 못하고 조용히 있는다. 활동을 한 지 2주가 되어 그에 대한 소감을 이야기하는 자리였다. 그러다 보니 대부분 자신이 어떻게 시간을 보냈는지에 관해 이야기했다. 처음 보는 자리임에도 낯선 사람에게 서로의 일상을 스스럼없이 얘기하는 것이 신기하다. 그렇지만 사람이 많아 시간의 제약이 있어, 몇 마디 대화를 나누지 못한 채 다음 사람으로 넘어갔다.

이전과는 다르기에 관점도 달라졌다. 모임의 형태가 예전에 참여했던 독서모임과 유사하다는 생각도 들었다. 독서모임 때도 읽은 책을 두고 자신의 감상을 이야기하면, 대부분 듣고 넘어가는 정도다. 그것이 무슨 소용인가 싶을 때도 있었다. 그렇지만 나중에 보니 그렇게 해도 어느 정도 상대의 성향을 파악할 수 있었다. 이곳에서 활동하는 사람들은 정말 다양하다. 소속만 없을 뿐이지 이미 여러 가지 활동을 하는 사람이 있고, 무기력하거나 고립 중인 사람도 있다.

예전에는 꾸준히 하던 것을 하자는 주의였고, 다른 사람이 하는 것에 그렇게 관심이 없었다. 이야기를 들으면 그저 대단하다고 생각했을 뿐이다. 그렇지만 나 역시 활동을 하면서부터 말할 거리가 생기니 남들에게 그런 이야기를 스스럼없이 털어놓기도 했었다. 그렇지만 이제는 눈치가 보이기도 한다. 누군가가 열심히 한다는 이야기를 들으면 부럽기도 하면서 초조함이 들기도 한다. 나는 그러지 못한다는 생각에 자책감이 들기도 한다. 나 역시 그런 감정을 느낀 바 있기에 어느 누군가는 그런 감정이 들지 않을까 싶다. 그래서 짧게 근황을 말하고 순서를 마친다.

새삼 깨달은 사실은 니트컴퍼니에서 활동하는 사람 중에 취업준비생이 많다는 것이다. 아니면 이직 중에 비는 기간에 참여해서 자신의 업무를 공부로 정한 사람도 있다. 예전에는 내가 관심이 없었으므로 그러한 사실이 보이지 않았다. 그렇지만 그들의 마음은 이해가 갔다. 나 역시 작가지망생으로 오랫동안 홀로 살아왔으니 그로 인한 고립감을 알고 있다.

양상은 다르지만 느끼는 것은 비슷하겠다는 생각도 든

다. 누군가는 이곳에서 자신의 공부 습관을 기르기 위해 왔지만, 나중에는 전시, 행사에 참여하여 적극적으로 활동하는 사람도 있다. 물론 그렇게 해서 진로를 바꾼다거나 하는 극적인 일은 일어나지 않는다. 그렇지만 대학에서도 동아리 활동을 하듯이 그런 활동적인 경험을 하면 세상을 보는 시야가 달라질 수 있다.

취업준비생은 고립의 범주에 속할까 생각한다. 이 부분은 글을 쓰기 전까지 간과한 부분이기도 하다. 결국 사람들은 현실적으로 취업을 목표로 할 수 밖에 없다. 모종의 이유로 취업을 하지 못 한다면 머무를 곳을 찾지 못하는 것은 마찬가지다. 오히려 취업준비생으로 살면서 고립을 경험하는 것이 한국 사회의 평균이 아닐까 싶다.

참여자들은 활동을 통해 어느 정도 고립감을 해소하지만 프로그램이 끝나면 다시 고립감을 느낀다. 그래도 계속해서 니트컴퍼니가 열리고, 프로그램에 다시 참여할 수도 있을 것이다. 그렇지만 다시 프로그램에 참여한다고 해서 그게 정말 도움이 될 수 있을까? 정서적으로 안정감을 얻으려면 끈끈한 인간관계를 하나라도 얻어야 하는데 그러지 못한 것이 아닐까.

어쩌면 프로그램 활동으로 인해 지금의 상태에 만족해서 머무르는 것을 택할 위험도 있지 않을까. 그렇지만 그런 고민에 대한 답도 결국 시간이 지나야 알 일이라고 생각한다. 어차피 사회에 들어가지 못하고 다시 돌아온다면 돌아오는 대로의 이유가 있을 것이다. 사회에서 수용하지 못하는 당사자들에게 있어 니트생활자는 유일하게 찾아갈 수 있는 환대의 공간이다.

내 일의 모양

니트 청년 당사자들의 전시 〈내 일의 모양〉을 연다는 소식을 듣고 이대역을 찾아갔다. 이대역은 난생 처음이었기에 주변을 좀 둘러보았다. 이곳에는 원래 옷가게들이 즐비했는데 상권이 죽었다고 한다. 곳곳에 공실이 많아 살풍경을 연출했다. 그 중에 한 오피스텔의 1층이 조명으로 환하게 빛나 있었다. 그곳이 〈내 일의 모양〉 전시장이었다.

전시는 니트인베스트먼트의 성과공유회로 진행되는 전시였다. 니트인베스트먼트는 참여자에게 소액의 돈을 주고 다양한 실험을 할 수 있도록 하는 프로그램이다. 이번 공유회는 강연과 전시 형태의 프로그램으로 운영됐다. 강연이 메인이었는데, 일정이 맞지 않아 참여하지는 못했다. 그래도 글, 그림부터 해서 사진이나 콜라쥬, 진과 같은 다양한 프로젝트를 하는 참가자들의 전시물을 볼 수 있었다.

방문한 날에 니트생활자의 쿵짝(박은미 공동대표)이 상주하고 있어서 이야기를 나눌 수 있었다. 이번 니트인 베스트먼트는 작년 니트인베스트먼트에서 후원받은 금액으로 진행한 프로그램이라고 한다. 아무래도 다른 후원사가 끼는 경우 여러 가지 제약이 있고, 또 자체적으로 활동하기 위한 동력을 만들기 위해 이뤄진 실험인 듯하다. 인스타그램에서도 참여자 각 개인이 관련 홍보 게시물을 올리며 대대적으로 홍보했다.

전시에 참여한 사람들의 이력을 보니 관심이 가는 사람이 있었다. 니트와 히키코모리를 합성한 니트코모리로 스스로를 칭한 분도 있었고, 고립 경험 당사자이자 니트 청년으로 활동하는 분도 있었다. 무엇보다 은둔 경험 당사자로서 다른 당사자를 돕고자 활동하는 분도 계셨다. 이 날 당사자분들과는 엇갈려서 이야기를 할 수 없었지만 나중에 기회가 된다면 이야기할 수 있을 것이다.

인터뷰를 통해 다른 공동대표를 만났지만, 쿵짝을 통

해서도 니트생활자 전반의 이야기를 들을 수 있었다. 특히 이번 니트컴퍼니 활동에서 고립·은둔 중인 사람이 참여했다는 이야기도 들을 수 있었다. 그 소식은 조금 난감한 것이었다. 니트생활자는 모두에게 열려 있는 공간이지만, 니트 당사자에게 주로 맞춰져 있다. 고립 당사자가 오프라인에 찾아 온다면 그에 맞는 세심한 지원이 필요하다. 당장은 일대일로 도움을 줄 수 있는 인력을 배치하는 것이 이상적이다. 그러기에는 니트생활자도 인력이 부족하다. 니트컴퍼니를 운영하는 인원은 총 3명인데, 보통 니트컴퍼니 한 기수에 활동하는 참여자는 100명 내외다. 이 안에서 고립감을 느끼는 정도는 각기 다를 뿐이지, 대부분 그런 감정을 느끼고 있어서 어느 한 명을 우대하기는 어렵다.

그래도 당사자들이 모여 자발적으로 분위기가 형성되기도 한다. 단지 고립감을 느낄 뿐, 동료나 사람을 만나는 게 어려웠던 경우에는 프로그램을 통해 교류하면서 활력을 느끼기도 한다. 그렇지만 소극적으로 참여하는 경우 소외감을 느끼기 쉽다. 프로그램에 발걸음했다는 것은 어느 정도 관심을 받기를 원한다는 것이기도 하다. 그렇지만 혼자 있는 경우 막상 그 사람에게 다가가는 경우는 드물다. 그리고 무작정 다가가기가 조심스럽기도 하다. 그렇기 때문에 대부분 운영진이 말을 걸거나 다른 사람을 연결해 주기도 한다. 그렇지만 그런 과정을 거치고 나서도 혼자라면 그 사람에게 상처가 될 수도 있다. 용기를 내어 나왔는데 반겨주는 사람이 없다는 느낌을 받을 수 있다.

그렇지만 이것을 심각하게 받아들일 필요는 없다. 현실적으로 고립 중인 사람이 사회에서 나와서 금방 환대받는 경우는 드물다. 니트생활자에서는 환대를 해주지만 어느 정도 현실적이다. 고립 당사자에게 필요한 것이 온전한 환대라 하더라도, 그것이 어려운 것도 사실이다. 그렇기 때문에 개인적으로는 그런 경험을 몇 차례 경험할 필요가 있다고 생각한다.

사람들이 나를 생각보다 환대하지 않는다고 느낄 수 있지만, 과거를 돌이켜 보면 나 역시 준비되지 않기도 했다. 어떻게 보면 나 역시 무례하고, 공격적인 경우가 있었다. 그런 사람을 무작정 환대하기란 쉽지 않다. 물론 그것이 당사자의 잘못이라고 이야기하고 싶은 것이 아니다.

오랜 기간 고립을 하다 보면 사람들과 소통하기가 어렵다. 그런데 니트생활자는 그러한 부분을 어느 정도 감안해준다. 이런 부분을 이해해줄 수 있는 공간은 소중하다.

적어도 니트인베스트먼트에 참여하는 사람들은 무언가를 하기 위해 용기 낸 사람들이니 그런 상황과는 거리가 먼 사람일 수 있다. 한편으로는 아직 고립의 경계에 놓인 사람이 있을 수 있다. 그런 사람도 무언가를 경험하고, 실패하는 것도 결국 해봐야 알 수 있는 것이다. 나 역시 니트인베스트먼트를 통해 처음으로 출판을 했었다. 그전까지 나는 작가가 되고 싶었지만, 직접 책을 내야겠다는 생각은 하지 못했다. 그렇지만 다양하게 시도하는 동료들을 보며 나 역시 시도를 할 수 있다는 생각이 들어 도전했고, 그 후 작가의 길로 들어섰다.

고립 중일 때는 목표를 높게 잡기 때문에 행동으로 옮기지 않는 경우가 있다. 스스로 가진 기준이 높기도 했지만, 때로는 세상의 기준에 과도하게 맞춰 눈높이를 올리기도 했다. 그렇지만 한 번 시도해 보고, 시행착오를 겪으며 보완해 나갈 수도 있다. 한 번 시작하면 생각보다 어렵지 않다는 것을 경험해보는 것이 고립 당사자를 위해 만들어진 프로그램이 갖춰야 할 점이기도 하다.

곰손 카페

일본의 오사카를 간 가장 큰 목적은 곰손 카페를 보고 오는 것이었다. 곰손 카페는 사람을 대하기 어려운 사람이 손에 곰손 인형을 끼고 손님들을 마중하는 독특한 컨셉의 카페다. 이런 특이한 컨셉을 통해 SNS에 입소문을 내고자 하는 전략도 갖고 있다.

카페는 다니마치큐초메역에 있어, 오사카 난바의 중심지에서 조금 벗어나야 갈 수 있는 곳이다. 걸어가려면 꽤 시간이 걸린다. 가다 보면 난바의 시끌벅적한 분위기는 잦아든다. 큰 길에는 빌딩이, 골목에는 주택가가 즐비하다. 그러다 중간에 비교적 크지 않은 5층 건물의 빌딩이 나온다. 그 건물에 곰손 카페가 있다. 카페는 1층과 5층에 있는데, 평상시에는 1층만 운영하고, 주말에 5층도 연다고 한다. 5층의 카페에서는 사람을 대하기 어렵지만, 일에 어느 정도 적응한 사람들이 직접 서빙을 한다. 그렇지만 내가 방문했을 때는 주말이 아니어서 보지는 못했다.

1층의 가게는 주문을 받는 바에서 점원이 주문을 받는다. 해당 점원은 카페 매니저로 보인다. 주문은 바깥에 있는 메뉴판으로 주문해야 한다. 파르페 같은 일본 카페에서 흔히 볼 수 있는 음료도 판다. 옵션을 추가하거나 **빼는** 것은 일하는 사람이 어려워하므로 따로 요구하는 것은 권장하지 않는다고 주의사항에 안내되어 있다.

주문을 시작하고 메뉴가 완성되면 벨소리가 들린다. 그 후 비어 있는 벽 틈 사이로 곰손 인형이 나온다. 손은 직접 메뉴를 전달하고, 여러 가지 손짓을 하며 손님의 호응을 유도한다. 그런 모습이 낯설어서 제대로 호응하지를 못했는데, 인형은 적극적으로 호응을 유도했다. 사람을 두려워하는 사람이 내는 움직임 같지 않다고 생각했다. 그렇지만 그런 자연스러운 태도도 연습한 것이 아닐까 싶다.

기본적으로 테이크아웃 점이지만, 내부에도 먹을 수

있는 장소가 있어 그 안에도 잠시 들어가 봤다. 내부는 아기자기하게 잘 꾸몄다. 신기했던 점은 주방을 볼 수 없게 막혀있다는 점과 점원이 일에 익숙지 않아 느릴 수도 있으니 잘 대해주라는 안내문이 곳곳에 붙여 있다는 점이다. 그런 양해를 이미 구했으니 그것을 감안할 수 있는 사람이라면 잘 이용할 수 있지 않을까 싶다.

곰손 카페는 22년도에 SBS 다큐멘터리 〈곰손카페〉로도 소개된 바 있다. 곰손 카페는 은둔 경험이 있는 사람들이 일할 수 있는 공간으로 만들어진 곳이다. 고립 경험이 있는 사람의 경우 직접 사람을 대면하는 것에 있어서 두려움이 클 수 있는데, 이곳에서는 최소한의 접촉으로 사람을 만날 수 있는 장치를 마련했다.

고립 생활을 하면 사람을 피하게 되니 할 수 있는 일의 선택지가 줄어든다. 그러니 대부분 비대면으로 할 수 있는 일을 찾는다. 그렇지만 그런 일을 하려는 사람이 많으니 경쟁이 심하다. 특히 요즘은 영상이 대세가 되면서 영상 편집자 중에도 고립 중인 사람이 있을 것으로 추측된다. 애니메이션을 좋아하여 그림을 그리는 사람도 많을 것이다. 자신의 능력을 활용해 일을 하는 것은 좋지만, 사회에서 충분히 일할 수 있음에도 여건이 마련되지 않아 일을 하지 못하는 경우가 많다.

이에 대해 안무서운회사의 유승규 대표는 상상력을 가질 것을 주문한다. 사람이 무기력해지는 것은 희망이 없는 경우다. 현실적으로 모두가 자신이 원하는 일을 할 수는 없을 것이다. 그렇지만 그런 상상력조차 없는 사회라면 이미 글렀다고 생각해서 더 숨어버릴 가능성이 높다. 그런 점에서 곰손 카페는 독특한 상상력을 구현하고, 그것이 잘 정착된 사례라고 할 수 있을 것이다. 특히 놀라웠던 점은 이곳이 관광지하고는 거리가 먼 일상에서 구현되었다는 점이었다.

이 카페에서 일하는 사람은 남들보다 더 예민한 사람이 일한다는 문구가 인상적이었다. 우리 사회에서는 사람을 나누는 기준을 주로 내향과 외향으로 나누는 편이다. 그렇지만 고립을 하는 성향에는 내외향을 가리지 않는다. 그런 사람을 구분할 수 있는 기준으로 예민함을 이야기할 수 있겠다는 생각이 들었다. 나 역시 사람들의 눈치를 너무 많이 보다 보니 사람을 대하기가 어려웠고, 그것이 고립의 원인이 되었다.

이곳에서는 전문 상담사가 같이 상주하면서 일을 한다고 한다. 아마도 주문을 받았던 매니저가 상담사일 수도 있고, 적어도 전문 교육을 받은 사람이지 않을까 싶다. 이미 사람이 두려워 사회 활동을 하지 않는 사람에게는 단계적으로 사회에 적응할 수 있는 방법이 필요하다. 곰손 카페는 이러한 방법을 고민할 때 좋은 본보기다.

온라인에서의 연결

긴 고립 경험이 있는 A와 B를 각각 인터뷰했다. 두 사람은 이미 고립 관련 당사자로서 다른 자리에서도 목소리를 낸 바 있다. 그렇기에 이번에는 재고립에 초점을 맞춰 이야기하려고 했다. 그런데 공교롭게도 두 사람 다 재고립의 문턱에 있는 상태였다.

특히 B의 경우 마지막 일을 관두고 소진 상태에 있어 현재는 일을 쉬면서 방 안에서 시간을 보낸다고 했다. 어쩌면 이미 재고립 상태에 있기에 고립에서 어떻게 벗어날 수 있는지에 관한 밝은 전망에 대해서는 이야기하지 않았다. 오히려 지금 어떻게 시간을 보내는지에 관해 이야기를 나눴다. 그중에 인상 깊은 것은 디스코드였다. 디스코드는 원래는 게이머 사이에서 유행하다가 서브컬쳐를 즐기는 사람 전반이 이용하는 메신저다. B의 경우 개발자 공부를 하고, IT 업계에 발을 들이려고 하기 때문에 이곳에서 사람들과 교류하며 정보를 얻는다고 이야기했다. 마찬가지로 A의 경우에도 디스코드로 게임을 하며 사람들과 소통한다고 했다.

디스코드는 주로 게이머가 사용하던 메신저이므로 생소하다. 그렇다 하더라도 이것을 음지의 문화로 보기는 어려울 것이다. 다만 그 안에서 무슨 일이 일어나는지에 관해서는 미지의 영역이기는 하다. 온라인 커뮤니티나 SNS의 공개방에서는 다양한 일이 일어나지만, 그것이 사적 영역으로 분류되기 때문에 큰 사건이 터지지 않는 이상 사회에 오르는 경우는 거의 없다. 그렇지만 그 안에서도 다양한 사람들이 소통을 한다.

온라인 안에서도 이미 하나의 사회가 구축되어 있는 것이다. 고립이라고 하면 사회와 완전히 단절된 것으로 생각한다. 특히 히키코모리, 은둔형 외톨이로 대표되는 대상은 방 안에서 하루종일 게임을 하거나 애니메이션만 보는 사람으로 인식된다. 실제 고립 생활을 하는 경우 대부분의 시간을 방 안에서 보내다 보니 그 안에서 소비할 수 있는 콘텐츠 위주로 즐기는 것은 사실이지만, 그 안에서도 사람과 소통하기 위해 노력한다.

노력의 대부분은 온라인을 통해 이뤄진다. 나 역시 오랜 기간 블로그를 운영하기도 했다. 그곳에서도 소통을 어려워했지만 나름대로 플랫폼에 적응하면서 다양한 인간관계를 맺기도 했다. 온라인 플랫폼은 플랫폼 별로 성향이 다르다. 이제는 많은 사람이 자세히는 아니더라도 인스타그램과 X, 페이스북을 사용하는 사람들의 특성을 어느 정도는 구분할 줄 안다. 다양한 사람이 각자의 형태로 SNS를 운영하고 있기에 그것이 전부가 아니라고 해도, 규칙에 어느 정도 적응해야 한다. 그러한 규칙은 플랫폼에 적응하는 과정에서 자연스럽게 익힌다. 결국 자신의 성향에 따라 플랫폼을 선택한다.

그렇게 적응하게 된 플랫폼은 중독적이다. 암묵적인 규칙만 잘 지키면 사람들은 서로를 환대한다. 특히 오프라인에서는 사람을 만나기 어려워 하는 사람도 온라인에서는 열심히 말하거나 채팅을 친다. 비대면이라는 접촉 방식은 코로나 이후로 부상했지만, 그 이전에 고립 경험이 있는 사람에게는 이미 익숙한 방식이다. 사실 그 방식이 거의 전부였다.

　온라인의 발달과 함께 고립 경험을 한 당사자가 많아진 것은 분명한 사실이다. 온라인 공동체가 있으면 집 밖으로 나갈 필요성을 못 느끼기 때문이다. 그렇지만 한편으로 당사자가 정서적 회복을 위해 고립을 해야 하는 상황이라면, 온라인 공동체는 회복을 도와주는 지지 역할을 하기도 한다. 그렇지만 많은 사람이 지적하듯, 온라인은 현실을 대체하기가 어렵다는 문제가 있다. 특히 온라인의 공론장은 각자의 주장이 극단적으로 부딪치는 경우가 많다. 반면 현실에서는 이러한 경우가 드물다. 각자의 이해관계가 상충할 때 현실에서는 어쩔 수 없이 타협해야 하는 경우가 있기 때문이다. 그것은 접촉이 만들어내는 힘이기도 하다.

　그렇기에 온라인 생활에 익숙해지면 현실에서 소통이 어려워진다. 온라인에서 활동하더라도 현실에서도 잘 사는 사람들은 잘 산다. 그렇지만 고립되어 있는 경우에는 온라인의 세계를 자신의 세계의 전부라 받아들이기 때문에 그에 따른 편향을 갖기가 쉽다. 나 역시도 그러한 경험을 갖고 있었고, 아직까지 거기서 완전히 벗어났다고 하기는 어렵다.

현실에서 상처를 받으면 온라인으로 돌아오는 것이 좋았다. 그럼에도 단순히 온라인을 비판적으로 이야기하는 것에 대해서는 동의하지 않는다. 오히려 현실에서 자신의 생활을 찾는다면, 온라인을 이용하는 시간은 자연스럽게 줄어들 것이다. 어쩌면 고립이나 재고립의 척도 중 하나로 인터넷 사용 시간을 생각할 수 있을 것이다. 온라인을 통해 고립 당사자를 발굴하자는 제안도 종종 나오고 있다. 그렇지만 커뮤니티의 정체성이 단단하기 때문에 그것을 뚫고 들어가기도 쉽지 않고, 흥미를 불러일으키기는 더욱 어렵다. 그럼에도 발굴에 대한 고민과 연구가 필요하다.

고립청년을 위한
이해와 지원

무조건적인 지지가 도움이 될까

    청년센터에서 청년 활동가 교육 프로그램에 참여하면서 처음 활동을 시작했다. 청년센터가 생긴 초창기에는 단기 프로그램만 해서 크게 관심이 가지 않았다. 그런데 청년도시학교라는 이름의 프로그램은 어쩐지 흥미가 갔다. 이곳에서 무언가를 배우거나, 사람들과 인연을 맺을 수 있다는 막연한 기대가 있었다. 실제로 그 안에서 배운 내용을 바탕으로 지금도 지역에서 활동을 하고 있고, 그곳에서 만난 사람들과 인연을 이어가고 있다.

    그렇지만 당시에는 사람들과 어울려도 어떤 벽에 가로막혔다. 사람들은 이미 일을 하고 상태에서 자신의 역량을 키우기 위해 프로그램에 참여하거나, 취업 전에 공백기를 채우기 위해 참여했다. 나는 갓 사회에 나온 것이므로 사람들과 공감대가 많지는 않았다. 그러므로 내가 할 수 있는 것이라고는 성실하게 프로그램에 참여하는 것이었다.

프로그램의 장점이라면 내 이야기를 털어놓지 않아도 된다는 것이다. 당시에 프로그램에 참여한 사람 중에 내가 고립 중이라는 사실은 아무도 몰랐다. 그때는 나 역시 고립 문제에 대한 자각이 없는 상태였다. 굳이 프로그램을 통해서 나를 구체적으로 설명할 필요가 없었다. 그저 작가지망생이라고 소개하면 그만이었다. 사람들이 속으로 어떤 생각을 하는지는 모르겠지만, 겉으로는 그런가 보다 하고 넘어갔다.

그 후에도 활동을 하게 되었으니 결과적으로 그때의 활동이 도움이 되었다. 센터에서도 우리가 활동을 이어가기를 원했다. 그렇지만 현실적으로 그와 관련된 지원은 없었다. 그렇기에 프로그램이 끝나고 나서는 당분간 활동을 멈췄다. 그래도 그때 활동하던 청년 중 일부는 여전히 지역에서 활동하고 있다. 프로그램치고는 타율이 좋았다.

한편으로 프로그램 도중에 위기의 순간이었다. 멘토인

활동가들은 작게라도 활동을 시작해보라고 했다. 하다못해 당근에 사람을 모집하는 것만으로도 어떤 연결점을 만들어낼 것이라고 했다. 그런데 나는 그 시작이 정말이지 어려운 사람이었다. 사람을 만나는 것도 두려운데, 직접 모집을 해야 한다니. 사람을 어떻게 모은다고 한들 모임을 운영할 수 있는 사교성이 없었다. 어찌어찌 프로젝트를 마쳤지만 이렇다 할 성과는 얻지 못했다. 그렇기에 홀로 좌절했다.

그 후 니트컴퍼니 프로그램에 참여했다. 성실하게 하면서도 이게 다 무슨 소용인가 하는 생각이 동시에 들었다. 이곳에서는 내가 한 약속을 지키기 위해 꾸준히 무언가를 해나가고, 사람들은 그것을 응원하지만 한편으로 그것으로 내 인생이 달라질 것이라고는 생각하지 않았다. 프로그램이 끝나고 나서는 다 끝났다고 생각했다.

결과가 바뀐 것은 그곳에서 애인을 만나면서부터였다. 그 후로 우리는 니트컴퍼니에 대한 이야기를 자주 하고는 했다. 때로는 그 안에서의 위로가 큰 도움이 되기도 했지만, 한편으로는 정말 도움이 되었는지에 대해서 이야기하기도 했다.

외부에서 니트컴퍼니를 보는 시선은 가상 회사 놀이를 하는 귀여운 모임일 수 있다. 그렇지만 내부에서는 환대를 통해 사회에서 활동할 수 있는 힘을 얻어가기도 한다. 이곳에서 만난 인연과 계속 이어질 수는 있지만, 이곳에서 영원히 활동할 수는 없을 것이다. 또한 나처럼 이곳에서 지지할 수 있는 인연이 생기리라 보장하기 어렵다.

어떤 사람들은 무조건적인 지지가 도움이 되지 않을 수 있다고 주장한다. 그렇지만 무조건적인 지지가 반드시 나쁜 것은 아니다. 살면서 그런 경험을 하지 못한 경우도 있다. 사회에서도 나를 환대할 수 있는 공간이 있다는 믿음이 있으면 사회에 대한 신뢰가 생길 수 있다. 반대로 무조건적인 지지가 위험하다고 하는 것은 사회가 그런 사회가 아니기 때문이지 않을까. 그러면 잘못된 것은 지지를 못해주는 사회가 아닐까. 그것은 판단하는 사람에 따라 다를 것이다. 적어도 느슨하게나마 서로를 지지하는 공동체가 많아질 필요가 있다.

활동을 하면서 인정을 갈구하는 사람들을 종종 본다. 나 역시 그런 인정을 갈구한다. 그런 인정 욕구는 누구에게나 있고, 아마도 절대 사라지지 않을 것이다. 그런 것을 공동체를 통해서 얻을 수 있다면 어떤 상태에서도 용기를 잃지 않고 발전하는 방향으로 나아갈 수 있다. 고립 중인 사람에게 필요한 것도 그러한 인정이다.

비슷한 사람을 만나려는 성향

고립 기간이 길어진 것은 비슷한 사람만 만나려는 성향이 강했기 때문이다. 사람들과 어울리다 보면 좋은 게 좋은 거라고, 그저 같이 있는 걸로 족해도 좋았을 텐데 사람들의 성향이 다르다는 이유로 멀리 했다. 그런 데다가 내향적인 성격이니 사람들과의 접점이 더 적을 수밖에 없었다.

요새는 굳이 많은 사람과 어울리기보다는 자신과 마음 맞는 몇몇 사람하고만 잘 어울리면 된다고 한다. 나이가 들수록 그런 성향이 강해진다고도 한다. 그런데 이런 성향이 고립을 부추길 수도 있다. 사회에서 활동하다 보면 어쩔 수 없이 성향이 다른 사람과 부딪칠 수밖에 없다. 아니, 어쩌면 세상 사람 전부가 나와 다르다고 할 수 있다.

모두를 외면할 수는 없다.

　나와 비슷한 사람이 어디에도 존재하지 않는다는 사실은 블로그를 통해서도 느꼈다. 블로그야말로 나와 가장 잘 맞는 사람들이 있는 곳이었다. 온라인이어서 거리를 뛰어넘을 수 있었고, 대부분 검색 알고리즘이나 팔로우를 통해 들어오기 때문에 비슷한 관심사를 가진 사람이 들어올 확률이 높다. 그래서 당시 블로그에는 책을 읽는 사람들로 넘쳤다. 비록 온라인이지만 그런 사람들이 있다는 것만으로도 위안이 되었다. 그렇지만 책을 좋아한다고 생각이 같은 것은 아니었다.

　내 글을 읽고 좋아요를 눌러준다고 하여 그게 다 공감한다는 의미는 아니었다. 그것을 블로그의 사람들을 실제로 만나고 나서 알았다. 좋아요를 눌러주는 것은 교류하자는 의미에 가까웠다. 나 역시도 생각이 달라도 상대의 글에 좋아요를 눌러주고는 했다. 그렇지만 내 글에 좋아요를 눌러주는 사람은 내 생각에 적극적으로 동참하는 사람이라고 믿었다. 그러다 보니 자기애가 커졌다. 고립기간이 길어지면서 그것을 깨고 나가기가 어려웠다. 세상에 나와 닮은 반쪽 같은 존재는 어디에도 없는데, 그런 존재가 어딘가에 있을 거라 생각하면서 꾸준히 탐색했다. 그런데 나를 좋아하는 사람들은 오히려 나의 다름에 주목했다.

『약한 연결』에서 아즈마 히로키는 현대는 온라인의 연결이 오프라인의 연결보다 더 강해진 시대라고 주장한다. 이제는 지인하고도 온라인으로 소통하는 시간이 더 많다. 그럴수록 점점 오프라인에서의 소통이 상실되는 듯하다. 그런데 이것은 직접 대면의 상실만을 의미하지 않는다. 온라인은 거리의 격차를 좁히는 한편으로 나와 맞는 상대를 찾아준다. 동영상 플랫폼이나 SNS의 알고리즘만 해도 내가 선호하는 영상이나 상품 광고를 보여준다.

사람들은 이에 대한 위험성을 주의하고는 한다. 자기만의 세상에 갇히면 현실을 살아가기가 어렵다. 현실에서는 대부분 다양한 이해관계가 충돌하기 때문에 개인의 가치관이 무시되는 경우가 많다. 그렇기에 사람들은 자신을 찾아주는 가상의 공간에서 숨통을 튼다.

사람들은 현실을 살아가면서도 어느 정도 사회적 가면을 쓴다. 그리고 자신의 내면은 가까운 일상이나 온라인의 관계를 통해서 충족한다. 그렇기에 그런 것이 자신을 지킬 수 있는 도구라면 충분히 활용 가능하다고 생각한다. 자신에게 맞는 사람을 찾는 것이 꼭 잘못된 것은 아니다.

나 역시 블로그를 통해 사람들에게 위안을 받았다. 그렇지만 꼭 고립의 원인으로 꼽히는 것이 SNS다. 물론 SNS의 편향성이나 의존 문제는 분명히 다뤄야 할 문제다. 그러나 때때로 선후 관계가 잘못된 것이 아닌가 싶다. 내가 온라인에 중독되었던 것은 사람들과 현실에서 깊이 교류할 만한 여건이 아니었기 때문이다.

만일 현실에서 사람들과 어울릴 수 있는 환경이었다면 굳이 온라인에 의존하지는 않았을 것이다. 마찬가지로 어떤 사람이 온라인에 지나치게 의존하고 있다 하더라도 그 상태를 인정해 줘야 한다. 그 사람에게 필요한 것은 자신을 인정할 수 있는 어떤 사람일 수 있다. 그런 사람이 현실에도 있다는 것을 안다면 마음을 열 수 있을 것이다.

고립 당사자를 이해하는 법

최근에 은둔 당사자 가족이 당사자를 이해하기 위한
취지로 감금 체험을 했다는 기사를 봤다. 은둔하게 된 원
인은 사람마다 각기 다르지만, 은둔할 때는 그렇게 힘들
지 않다. 다만 은둔을 하게 된 원인이 있다면 은둔 이전의
경험을 곱씹을 가능성이 높다. 그렇기에 은둔하는 사람
의 심정을 이해하려면 그 사람이 은둔 전에 겪었던 경험
을 체험한 뒤 은둔 생활을 경험하는 것이 적합하지 않을
까 싶다. 그래도 이런 소식이 들린다는 것은 적어도 은둔
에 대한 사회적 인식을 높이려는 시도로 볼 수 있다.

물론 고립하는 와중에도 힘든 것은 있을 수 있다. 기본
적으로 관계가 단절되어 있기 때문에 그로 인해 외로움
을 느낀다. 그 외에도 다양한 문제가 있지만 고립 기간이

길어질수록 그런 감각들은 무뎌진다. 그렇기에 긴 고립 생활의 경험은 며칠간 감금 생활을 한다고 해서 체험할 수 있는 것은 아니다. 가령 감금 생활을 한다면 답답하다는 반응이 대부분이겠지만, 고립하는 당사자의 경우에는 그게 별로 문제되지 않는다.

게다가 부모님이 이해하려고 다가오는 것은 조금 위험할 수도 있다. 고립의 원인이 무엇이든 간에, 개인이 고립될 경우 사회적으로 가장 도움을 줄 수 있는 대상은 가족이다. 그렇지만 고립 기간이 길어졌다면 가족의 도움을 받지 못했거나, 도움이 되지 않았을 가능성이 높다. 그렇기에 이미 당사자는 가족에게 마음의 문을 닫았을 가능성이 높다.

감금 체험까지 하면서 적극적으로 은둔 당사자를 이해하려는 부모는 어느 정도 당사자의 말을 들어줄 의향이 있는 사람일지도 모른다. 그로 인해 변화의 가능성은 분명히 존재한다. 그렇다면 이해의 방향도 중요하다. 고립 경험이 없는 사람들은 단순히 고립되었다는 사실이 답답한 것으로 받아들여진다. 그저 방 안에만 있으면 힘들 것이라고 생각하면 대화가 어렵다.

나도 가끔씩 부모님에게 집 안에만 있으면 답답하지 않냐는 핀잔을 들었다. 나는 방에 있는 것이 편했다. 물론 사회에 나와서 활동하다 보니 방 안에만 있었던 것이 얼마나 좁은 세상에서 살았던 것인지 깨달았고, 방 안에서 살았던 과거의 내가 얼마나 외롭고 쓸쓸했는지를 실감한다. 그렇지만 그 사실을 당시에는 잘 몰랐다. 오히려 그때는 나를 함부로 판단하려는 태도가 싫었다. 그렇기에 만일 그때 위와 같은 기사를 읽었다면 비웃었을지도 모른다.

고립 관련한 문제를 다루다 보면 고립하는 것 그 자체가 잘못된 것이냐는 질문으로 이어진다. 고립하는 많은 사람이 기본적으로 고립 성향이 있다고 여긴다. 더군다나 그런 사람이 사회로 나왔을 때 사회에서 환대를 받지 못하면 상처받고 다시 고립되기도 한다. 그렇지만 이 문제를 굳이 윤리적 물음으로 끌고 가고 싶지는 않다. 다만 그런 성향의 사람도 이 세상에 존재한다는 것을 인정할 필요는 있다. 그래야 그다음의 대화가 가능하다.

나 역시도 고립청년 관련 활동을 하고 깨달은 게 많았다. 고립 중인 사람들은 고립된 이유도 각기 다르고, 자신의 처지에 대한 해석도 다르다. 내가 만난 사람들은 어느 정도 회복되어 사회에서 활동하는 사람이었다. 그렇지만 어떤 은둔 당사자들은 자신의 이야기를 하기 어려워한다. 자신의 이야기가 있지만 그것이 아직 사회에 발화되지 않았다.

그렇지만 사람들은 고립 중인 사람이 그럴듯한 이유로 고립이 되었고, 또한 분명한 계기로 고립에서 나온다고 생각하는 것 같다. 나도 고립했던 원인을 정리하는 데에 시간이 다소 걸렸다. 심지어 나는 글을 쓰기 때문에 그에 관해 오래 고민할 시간이 있었음에도 그랬다. 그런 데다가 그것을 말로 정리하여 표현하기까지가 어려웠다. 말하기가 어려운 것은 아니었다. 사실 공감을 받는 것이 중요했다.

작가지망생 생활을 오래했기 때문에 고립 생활을 한 것도 컸다. 그런데 사람들은 그보다 더 깊은 상처가 있을 거라고 짐작하기도 했다. 아니면 공감할 수 있는 지점이 있는 것이 중요했다. 이를테면 오랜 기간 취업을 준비하다가 실패한 사람이라면 이야기가 되었다. 그런 사람이 사회 구조로 인해 나타난 사람이라는 생각이 들기 때문이다. 애초부터 사회에서 요구하는 길을 가지 않아서 이탈된 사람은 고립의 문제에서도 소외된다.

고립에서 나왔을 때 어떤 것이 도움이 되었냐고 묻는 사람들은 그래도 당사자와 소통하려고 하는 의지가 있는 사람이기에 나쁘게 생각하지 않는다. 그렇지만 그것이 곧장 이해로 이어지지는 않겠다는 생각도 있다. 무엇보다 그들과 소통하고 싶다면 당사자를 이해하려고 하는 마음이 필요하다. 그렇지만 그것이 마음먹는다고 해서 되지는 않는다. 기본적으로 너른 포용력이 있어야 하고, 많은 경험이 있어서 상대를 함부로 판단하지 않아야 한다. 한편으로 상대를 이해하려고 애써야 하는 것은 맞지만, 굳이 전부 이해하려고 할 필요가 없다. 때로는 차이를 인정하고 그저 같은 사람으로서 동등하게 대해준다면 그들도 언젠가는 마음을 열 것이다.

온라인의 가능성

　사회에서는 온라인의 연결 경험에 대해 긍정적으로 생각하지 않는다. 온라인에서의 연결이라 함은 SNS나 게임에서의 인연이 대부분이다. 이곳에서 만난 인연이 나쁠 수도 있다. 자신의 신분을 숨길 수 있기 때문에 그 사람이 어떤 사람인지 모른다. 그로 인해 불미스러운 사건이 일어나기도 한다. 그래도 현실보다 장벽이 낮기 때문에 사회에서 활동하지 않는 사람이 온라인에서 활동하기도 한다.

　A는 고립 문제를 메타버스로 풀면 좋겠다고 이야기했다. 현실에서 사람을 만나기가 두려우므로 메타버스 안에서 만나 상담을 하다가 상황이 나아지면 오프라인에서 만나는 것이다. 이런 아이디어가 좋다고 생각하지만 한

편으로 회의적이기도 하다. 온라인에는 매력적인 수많은 콘텐츠가 존재하고, 또 그만큼의 관계망이 존재한다. 그런데 그것들을 두고 단지 세상에 나오기 위해 일시적으로 만든 프로그램에 관심을 가질까 싶다.

그래도 온라인에 대한 시선을 바꾸는 것은 필요하다. 일반적으로 고립된 것을 그 사람이 처한 상황으로 보지만, 그 사람이 한 선택일 수 있다. 마찬가지로 당사자가 온라인에 머무르는 것은 자신의 관계망을 갖기 위함이다. 그렇기에 당사자들의 관심을 불러일으키고 싶다면 온라인에 존재하는 관계망보다 더 매력적인 공간을 만들어야 한다. 그렇지만 그것은 생각보다 어려운 일이다.

그렇다면 온라인의 관계를 인정하는 게 낫지 않을까? 고립을 개인의 선택으로 보는 관점도 존재하듯이, 온라인의 관계도 하나의 관계로 인정하는 것도 가능할 수 있다. 그것을 있는 그대로 받아들이되, 어떻게든 사회와 공존할 수 있는 방법을 고민해야 한다. 이런 이야기가 누군가에게는 너무 당연한 이야기일 수도 있고, 다른 누군가는 거부감이 들 수도 있다. 나 역시 온라인에서 많은 인연을 만나 그 안에서 관계를 배우기도 했다. 그러면서도 그

안의 관계를 통해 여러 인연을 맺었다. 결과적으로 내가 사회와 연결될 수 있는 끈을 찾은 것도 온라인을 통해서였다.

물론 내 경우가 희귀한 경우일 수 있다. 사람들은 무언가를 홍보하고자 할 때 온라인에 홍보하는 것을 생각한다. 그렇지만 그게 당사자에게 전달되는 것은 매우 드문 일이다. 인스타그램과 같은 SNS를 통해서 알고리즘이 뜨지만, 그 외의 경우에는 당사자에게 가닿기가 쉽지 않다. 오히려 온라인보다 오프라인이 더 효과적인 경우도 있다.

온라인에도 고립 경험을 다루는 커뮤니티가 몇 군데 있기는 하나 활성화가 되지는 않는다. 이 문제의 원인을 생각하면 매력적인 공간은 아니기 때문이다. 고립 문제는 당사자성을 바탕으로 활동하기가 쉽지 않다. 오히려 다른 부분에서 당사자성을 이끌어내야 활동을 이끌어낼 수 있다. 학생 때 소설을 쓰는 커뮤니티에서 활동하면서 거기에서 속마음을 털어놓고는 했다. 그렇지만 그런 커뮤니티는 줄어들고, 갈수록 대형 커뮤니티가 늘어났다. 그 안에도 주제별로 게시판이 있지만 이제는 그런 곳에서 개인 이야기를 하는 글은 기분 나쁘거나, 분란을 일으 킨다는 이유로 지워진다.

　그런 점에서 블로그가 이야기를 털어놓기에는 적합하다. 비슷한 고민을 가진 사람들이 모여 대화하고, 커뮤니티를 이룬다. 그만큼 사건사고가 일어나기도 하지만 관계에 어려움을 가진 사람들에게는 그런 곳에서 자신의 이야기를 털어놓고 말할 수 있는 것만으로도 큰 위안이 된다. 요새는 그런 역할을 유튜브가 대신 해준다. 비슷한 고민을 가진 유튜버를 구독하여 서로 대화를 나누거나, 고민 상담을 하는 유튜브를 찾아 거기서 자신의 이야기를 털어놓기도 한다.

　개인의 욕구를 충족시킬 수 있는 완벽한 장소는 없다. 다양한 사람들과 부딪치는 것도 사회 생활에서 필요하지만, 나의 이야기를 허심탄회하게 이야기할 수 있는 안전한 공간도 필요하다. 온라인을 통해서 그런 공간을 조금이나마 구현할 수 있다고 여긴다. 누구나 자신의 이야기를 하고 싶은 방이 있을 수 있다. 그런 점에서 온라인을 인정한다면, 어떤 실마리가 생길 수 있다.

기다려주는 일

서울시에서 진행한 고립·은둔 부모 교육 특강에서 고립 경험 당사자인 권유리와 김미경 강사의 강연을 들었다. 두 사람의 강연을 요약하면 두 가지 결론이 나온다. 고립했을 때 위로를 해줄 수 있는 사람이 한 명이라도 필요하다. 그리고 당사자에게 건네는 말은 위로와 칭찬이어야 한다. 그렇게 하지 않는 경우 고립 당사자는 주변으로부터의 훈계나 조언을 피해 더욱 고립된다.

내가 고립해 있었을 당시에도 나 역시 부모님의 잔소리를 피해 혼자 밥을 먹으려고 했다. 그런 식으로 다른 인간관계도 흘려보냈다. 그런 행동이 고립감을 더 키웠다. 이런 식의 관계 단절이 지속되면 돌이킬 수 없을 정도로 망가져 버렸을지도 모른다. 그나마 나를 지탱할 수 있었던 것은 느슨하게 이어진 인간관계였다.

이제는 부모님이 잔소리할 수밖에 없었던 마음을 이해한다. 그렇지만 이 문장을 고립 중인 당사자가 읽는다면 불편할 것이다. 고립 중인 당사자를 책망하려는 것이 아니다. 부모님으로서 할 수 있는 최선은 자녀를 불러 어떻게든 대화하려는 것이다. 그렇지만 그런 방식은 대뜸 갑자기 불러세워서 계획을 말해보라는 식으로 흘러간다. 준비되지 않은 상황에서, 어쩌면 예고된 시한폭탄이 터지면 감정의 골은 더 깊어진다.

고립하는 당사자도 스스로 문제가 있음을 알고 있다. 그렇지만 거기서 어떻게 헤어 나와야 할지 잘 모른다. 당장 머리로는 움직이고 싶고, 방법을 안다고 해도 생각처럼 몸이 움직여지지 않는다. 무엇보다 부모님이 제시하는 대안들은 자신의 생각과 맞지 않는다. 설령 나중에 자신에게 맞는 대안을 제시하더라도, 이미 신뢰를 잃은 상황이라 전혀 받아들여지지 않는다.

지금의 내가 과거의 나와 비슷한 사람을 만난다면 조언을 하지 않으리라는 보장이 없다. 그래서 이번 강의를 들으면서 부모님도 내 문제로 속을 많이 앓았으리라는 생각이 들었다. 김미경 강사의 말대로 시간이 답이 될 수 있다. 시간은 정말 많은 것을 해결해 준다. 그렇지만 동시에 많은 것을 잃게 하기도 한다. 그렇게 갉아 먹힌 시간도 어느새 새살이 자라나 과거를 잊게 해준다. 어떻게 보면 고립은 현 상황을 외면하기 위한 수단이지만, 그것으로 인해 회복하기도 한다.

나는 아직까지 내가 겪었던 과거에 대해 부모님과 터놓고 이야기한 적이 없다. 이제 와서 부모님과 함께 과거에 대해 이야기한들 무슨 소용인가 싶기도 하다. 이미 지나간 일이고, 어떻게 보면 꺼내고 싶지 않은 기억일 수 있다. 그렇기에 그것을 나도 굳이 직면하고 싶지 않다. 그렇지만 언젠가는 그에 관한 이야기를 하는 날도 있을 것이다. 나는 부모님과의 관계 진전 없이 회복됐다. 그건 다양한 인간관계를 거친 결과였다. 그렇다고 부모님이 아무것도 하지 않은 것은 아니다. 부모님은 나를 기다려주었다.

어쩌면 체념한 것일지도 모른다. 그렇지만 그런 체념도 좋았다. 오히려 억지로 무언가를 시키는 것이 싫었다. 마치 공부하려고 했는데, 공부하라는 잔소리를 듣고 공부하기 싫어지는 것과 같았다. 고립 중에 가족은 일을 하라거나, 무엇을 하는지를 점검하려고 했다. 당연히 물어볼 수도 있다고 생각하면서도, 스스로 무언가를 증명해야 하는 게 싫었다. 그렇게 하면 며칠 간은 화가 나서 아무것도 손에 대기 싫었다.

부모님의 입장에서 나에게 했던 압박이 내가 고립에서 빠져나오는데 도움이 되었을 것이라 생각하면 좀 끔찍하다. 그렇지만 그만큼 기다려준 시간이 있기에 어느 정도 용납이 된다. 나를 채근한 시간보다 놔주었던 시간이 길었기 때문에 무언가를 해야 한다는 강박으로부터 어느 정도 자유로워졌고, 혼자서 무언가를 시도할 수 있었다.

요즘에는 부모가 주는 압박감으로 인해 고립되는 경우도 있다. 나에게는 그런 압박이 크지는 않았다. 그렇지만 부모님도 다른 가정의 부모와 마찬가지로 나를 세상에 떠밀으려 했다. 그렇게 해서 실패를 경험하고, 고립 기간도 길어졌다. 오히려 보통의 가정이었기에 부모님이 좋은 방향으로 이끌어주는 것은 어려웠다고 생각한다. 그러기에는 세대 차이가 컸고, 결국 갈등이 있을 수밖에 없다.

나는 가고자 하는 방향이 있었지만, 부모님의 도움을 받을 수가 없었기 때문에 스스로 좌절하는 시간도 길었다. 부모님은 이 문제에 관해 어떻게 생각하는지는 모른다. 결국 판단을 보류했던 쪽에 가까웠다. 그럼에도 내가 고립에서 빠져나올 수 있었던 계기에는 그런 부모님의 기다림이 있었다. 때가 된다면 그에 대한 감사를 전할 날이 있을 것이다.

재고립의 위험과
해결책

재고립의 문턱에서

현재의 상황이 여유로운 것은 아니다. 미래를 생각하면 무척 막막하다. 나름대로 노력했는데 이룬 것이 많지 않다. 고립 이후에 무언가를 조금씩해나가고 있지만 가끔은 이런 것들이 다 무슨 소용인가 싶어 허무감이 든다. 어느 일이나 시간을 필요로 한다는 것을 이제는 안다. 고립 생활 이후 뒤늦게 활동을 시작한 것이니 당장의 결과가 만족스럽지 않은 것도 당연하다.

몇 번의 일 경험과 활동, 프로젝트를 했을 뿐이지만 그것이 직업으로 연결되는 경우는 없었다. 지금은 1인 출판사를 설립하여 책을 내고 있지만 당장 이것도 돈벌이가되지 않는다. 그렇다고 모든 것을 포기하려는 아니다. 어쨌든 버틸 수 있을 때까지 버티려고 한다.

여름이나 겨울에 외출을 안 할 때가 있다. 특히 정부 사업의 정산 기간인 겨울에는 진행하는 사업이 없어서 참여할 만한 활동이나 프로젝트가 많지 않다. 날도 추워서 어디를 나가기도 어렵다. 그럴 때는 집에 머무르면서 글을 쓰거나 게임을 하면서 시간을 보낸다. 분명 나는 고립에서 빠져나왔다고 생각했는데, 예전의 고립 생활과 같은 생활을 한다.

예전에는 고립 생활을 하면서도 시간이 지나면 어느 정도 문제가 해결될 것이라고 생각했다. 그것이 막연한 낙관일 수도 있다. 어쨌든 온라인으로 활동하고 있었기에 당장 유명해지지는 않더라도 나중에 어떤 기회로 이어질 수 있을 것이라 생각했다. 그것이 실현되지는 않았지만 그 순간을 버티는 데에는 도움이 되었다. 지금도 상황은 비슷하다. 스스로 너무 급하게 생각하지 말고 차근차근 노력하면서 기다리는데 이게 맞는 것인가 싶다.

고립의 여부는 사회와의 연결 여부로 나타난다. 일을 안 해도 사회와는 얼마든지 연결될 수 있다. 책을 출간하거나, 출간할 원고를 쓰는 일도 사회와 연결되는 일이다. 자료 조사를 위해 사람들을 만나고, 다양한 프로그램에 활동하면서 사회와 연결될 수 있다.

물론 시간은 한정적이기 때문에 우선순위를 생각할 수밖에 없다. 흥미가 가는 행사는 대부분 서울에서 진행되는 경우가 많다. 인구가 많은 만큼 다양한 기획이 많기 때문에 어쩔 수 없다. 물론 지방에서 진행되는 행사도 있다. 그렇지만 물리적 거리의 한계로 인해 참여하지 못하는 경우도 많다. 온라인으로 진행되는 행사도 있지만 직접 사람을 대면하는 것이 아니기 때문에 한계가 있다.

그러다 보니 내가 사는 지역에 관심을 가질 수밖에 없다. 그렇지만 지역에서 활동하기가 쉽지는 않다. 지역 사람들은 이미 건너서 아는 경우가 많다. 어디를 가도 매번 만나는 사람을 만나지만, 정작 이 지역에는 내가 원하는 창작 활동을 같이 할 수 있는 동료는 존재하지 않는다. 그러니 인근 지역에 건너가 활동할 수밖에 없다.

그렇지만 그럴 만한 에너지도 없다. 열정적으로 활동하는 사람은 지역을 이동하는 것은 물론이고, 누구에게나 연락하기를 서슴지 않는다. 그렇지만 나는 그런 것을 어려워 한다. 상대가 얼마나 바쁜지도 모르는데 괜히 연락해서 불편함을 주고 싶지 않다. 그것은 나의 성격도 한

못한다. 고립 성향이 있는 사람 중에는 남에게 폐를 끼치고 않으려는 마음이 크다.

한편으로 오랜 고립 기간을 보내면서 내가 내세울 수 있는 것은 아이러니하게도 고립 경험이다. 관련해서 연락이 오기도 한다. 이를테면 안무서운회사의 은둔고수 프로그램에서 내건 은둔도 스펙이 된다는 구호와 같다. 고립 문제는 사회 문제로 이제 막 떠오르고 있지만, 그것을 이야기하는 당사자는 생각보다 많지 않다. 고립의 정도가 가벼웠다면 사회에 나와 생업을 하느라 바쁠 것이고, 고립의 정도가 깊었다면 아직 고립의 그늘에서 벗어나기 못했기에 자신의 이야기를 전하는 데에 어려움을 겪을 것이다.

고립 경험이 있는 사람이라면 활동가로 활동하고 싶은 유혹이 클 것이다. 직장에서 일하기는 어렵고, 활동가는 비교적 자유롭다는 느낌이 들기 때문이다. 그렇지만 거의 프리랜서와 다를 바가 없다. 그렇기에 언젠가는 정착해야 한다. 나 역시도 어쩌다 보니 관련 활동을 했지만, 이 길만이 최선이라 생각지는 않는다. 다만 내가 가는 길에 이 문제를 마주한 것이고, 이 문제를 어떻게 풀어나갈지 고민할 뿐이다.

재고립 문제를 생각해야 하는 이유

고립 문제가 사회 문제로 떠오르고 있다. 동시에 재고립 문제도 같이 언급되지만, 이 문제가 중심으로 다뤄지는 경우는 드물다. 이 문제를 다루기 위해 취재를 하면서 여러 생각이 들었다. 무엇보다 사회에서는 고립 기간을 중요시한다. 그것이 직관적으로 다가오는 지표이기 때문이다. 그렇지만 고립 기간을 중시할 경우 오히려 고립의 경계에 있는 사람이 고립이 깊어질 때까지 도움을 요청하기가 어려울 수 있다. 그렇다고 고립 기간을 아예 무시하면 당사자가 겪는 고립의 깊이를 파악하기 어렵다.

고립 관련 설문조사를 하면 기간을 체크한다. 그렇지만 자신의 고립 기간을 일일이 생각하는 사람은 많지 않을뿐더러, 고립 기간이 연속적이지 않을 수도 있다. 학술적으로는 정도에 따라 위험군을 나눌 수도 있을 것이다. 그렇지만 그것을 판단하는 것은 어떻게 가능할까? 문답으로 가능할까? 많은 사람이 고립감을 느낄 수 있고, 실제로 고립 경험을 한 사람도 있을 것이다. 그렇지만 짧게 고립한 후 고립에서 빠져나왔다면, 그것은 일시적인 것에 가깝다. 그렇기에 재고립의 여부로 고립 정도를 파악할 수도 있을 것이다.

고립으로 이어지는 길에는 재고립이 존재한다. 당사자가 한 번 고립된 이후 쭉 고립될 수도 있다. 그렇지만 당사자도 거기서 빠져나오기 위해 보이지 않은 노력을 했을 수 있다. 한편으로 고립에서 빠져나온 사람도 사회의 장벽에 부딪쳐 다시 좌절해서 고립된다. 고립에서 빠져나오기 위해 노력 중인 경우에도 고립이라고 할 수 있을 것이다. 고립 당사자 중에는 일을 하면서 생계를 유지하지만 인간관계가 적은 경우도 있다.

고립이라는 상태는 많은 것을 함의한다. 넓은 의미에서 사람들과 어울리기는 하나 고립감을 느끼는 사람도 있을 것이다. 그렇지만 실질적으로 자신의 의지와는 무관하게 인간관계가 적거나 아예 은둔한 경우가 있다. 그런 기간이 길어질수록 사회생활이 어려워진다. 그렇게 생각하면 고립 기간은 여전히 의미가 있다. 특히 장기간 고립한 경우에는 사회 진입과 재고립이 반복된 것일 수 있다.

현재 정부에서 고립·은둔 문제를 다루면서 생긴 문제는 고립과 은둔을 혼용해서 쓴다는 점이다. 보통 사람이 생각하는 고립·은둔의 이미지는 방 안에서 꼼짝하지 않고 생활하는 사람을 떠올리기 쉽다. 이러한 경우는 은둔에 가깝다. 고립 중인 사람은 사회 어디에서나 볼 수 있다. 길거리를 지나가는 누군가일 수도, 음식점에서 마주친 아르바이트생일 수도, 회사에서 남들과 어울리지 않는 직장 동료일 수도 있다.

정부에서는 고립·은둔 청년을 돕기 위해 사례관리 시스템을 제공하려고 한다. 그렇지만 그런 제도가 있다고 하여 당사자가 쉽게 나오지 않으니 부모나 가족 당사자를 통한 교육이 이뤄진다. 한편으로 고립·은둔 청년을 떠오르는 사회적 이슈로 보고, 이에 대한 문제해결을 위해 대학생부터 예술인, 사업가 등 다양한 이해관계자가 관련 문제를 다룬다. 이들은 이 문제에 언뜻 관심을 보이지만, 대부분 일시적인 관심에 그친다. 이들은 은둔 당사자를 만나는 것이 어려우므로 비교적 얕은 고립 성향의 사람들을 위한 프로그램을 운영한다.

그런 프로그램으로도 동기부여가 될 수 있기 때문에 무의미한 것은 아니다. 그렇기에 무작정 비판하기보다는 이런 분위기를 지속하여 사회 전반으로 환대의 분위기를 만들어주는 것이 필요하다. 그렇지만 이런 환대가 단지 고립 중인 사람에게만 필요한 일인가 생각할 수 있다. 현대에 이르러 많은 사람이 정신적으로 어려움을 겪고 있다. 그렇기에 애초에 프로그램의 대상자를 제한할 필요가 있을까 싶다. 대신 고립의 정도가 심한 사람은 별도로 관리해야 할 것이다.

고립에서 빠져나오는 데에도 큰 용기가 필요하다. 그렇지만 고립에서 빠져나오면 마주해야 하는 문제가 전혀 달라진다. 막상 사회에 나왔지만 찾아갈 곳이 없다. 물론 바로 회사에 들어갈 수도 있고, 모임이나 프로그램에 참여할 수도 있을 것이다. 아니면 일자리 센터에 갈 수도 있을 것이다. 그렇지만 그런 과정에서 불안감이 인다. 차라리 사람을 안 만나는 것이 편하다고 생각할 때가 있다. 그릴 때 다시 고립을 택한다. 그런 생활이 반복되면 다시 나오고자 할 때 찾아갈 곳이 더 줄어든다. 재고립 문제를 생각하는 일은 사회 시스템 전반을 생각하는 일이다. 단지 고립에서 나온 사람을 꺼내면 해결되는 일이라고 생각하지만, 사회가 바뀌지 않으면 재고립은 필연적으로 일어난다.

고립은 뱀사다리 게임이다

 뱀사다리 게임이라는 보드게임이 있다. 이 게임은 1에서 100까지의 숫자가 적혀있는 말판을 두고 100까지 가는 것을 경쟁하는 게임이다. 이 단순한 게임에는 흥미로운 장치가 하나 있다. 사다리나 뱀이 있는 칸에 말이 도착하면 자신이 생각했던 것보다 높은 숫자로 올라가거나 낮은 숫자로 떨어질 수 있다.

 자신도 고립을 경험했다고 하는 사람들이 있다. 그들도 삶의 위기를 맞이했고, 한동안 외출을 안 했던 순간이 있었을 것이다. 그렇지만 그런 경우에도 일 년을 넘기지 않고 다시 사회로 나가 활동한 경우가 대부분이다. 그렇기에 그들은 고립했을 때의 심정을 알면서도, 한편으로는 당사자들이 왜 스스로 일어나지 못하는지 이해하지

185

못한다. 당시에 느꼈던 절망감은 컸어도, 그것을 털고 일어난 것은 본인의 의지 덕분이라고 생각할 수 있다. 그렇지만 막상 그때 상황을 들여다보면 주변에 도움을 준 조력자가 있었을 수도 있고, 불가피하게 혼자 나왔지만 운이 좋아 일이 잘 풀렸을 수도 있다.

한편으로 고립 경험이 없는 사람은 고립 문제를 아예 이해하지 못할 수도 있다. 다만 당사자들의 어려움을 이해하고자 하고, 어떻게 해결할 수 있을까 고민할 수 있을 것이다. 그럴 때 그들은 마치 드라마 속 이야기나 신문에 이따금 보도되는 감동 기사처럼 고립 당사자를 구할 수 있는 결정적인 기회가 어딘가에 있을 것이라고 생각한다.

그렇지만 인생은 그렇게 흘러가지 않는다는 것을 많은 사람이 알고 있을 것이다. 인생에 있어서 큰 선택의 분기점이 있을지도 모른다. 그때 다른 선택을 했다면 인생이 달라졌으리라 생각할 수 있다. 그러나 다른 선택을 했다고 하여 어떤 결과가 일어날지는 알 수 없다. 인생은 하루하루가 차곡차곡 쌓여서 만들어진 결과에 가깝다. 기회가 오는 것도, 위기를 극복하는 것도 단번에 이루어지지 않는다.

어쩌면 인생도 뱀사다리 게임처럼 좋은 길을 만나면 원하는 길로 금방 갈 수 있지만, 잘못된 길을 가면 뒤처질 수 있다. 그렇지만 그 과정은 생각보다 지난하다. 당사자가 고립에서 빠져나온다고 해서 사회가 알아서 맞이해주지는 않는다. 원래 불친절했던 사람이 친절해지는 것도 아니고, 모두가 앞다투어 당사자를 도우려고 하지도 않는다. 그렇지만 내심 그런 기대를 품기 마련이다. 오랜 고립은 세상과 사람으로부터의 실망과 좌절이 누적된 결과이지만, 사회로 나가기로 마음먹었다면 다시 기대를 품기 마련이다. 그렇지만 그 기대가 크면 실망할 수 있다.

이는 고립을 하는 사람들의 성향일 수 있다. 이들은 마음속으로 큰 이상을 품으며, 대체로 현실과 이상의 간극을 못 견딘다. 그런 와중에 어떤 계기로 사회에 나가기로 마음먹어도, 다시 괴리를 느끼고 좌절하기가 쉽다. 그럼에도 그런 과정이 필요하다. 이는 『데미안』으로 잘 알려진 헤르만 헤세의 소설 줄거리와 비슷하다. 자신이 품은 이상에 비해 현실은 그렇지 않다는 사실을 차츰 깨달으면서, 그래도 현실에서 무언가를 할 수 있을까 고민하면 마음속에서 무언가 변화가 일어날 수 있다.

이것을 자칫 오해한다면 고립 당사자는 망상이 심하고, 현실 인식이 부족하다는 것으로 이해할 수 있다. 은둔 문제를 다룬 서적을 읽으면 그렇게 언급되는 경우가 보통이다. 그렇지만 고립 경험 당사자로서 그렇게 이야기하고 싶지는 않다. 그것은 보통 사람이 이해할 수 있도록 정리한 것에 불과하다고 여긴다. 고립 기간 동안 자신을 보호하기 위해 형성된 자아상이 있다. 이는 외부로부터 자신을 지키기 위한 방어기제일 수 있다.

세상에는 각자의 가치를 믿는 다양한 사람이 존재하고, 그런 사람이 모여 사회를 형성한다. 그런 사회에는 사람들이 시행착오를 거쳐 만든 암묵적인 규칙이 적용된다. 그런데 그 규칙을 단번에 이해하기는 어렵다. 눈치가 빠른 사람은 그것을 빨리 눈치채고, 그게 아니라면 시간이 필요하다. 이것이 세상을 살아가는 사람 간의 게임이라면, 게임의 규칙을 어느 정도 본인이 정할 수 있다. 그것은 스스로를 이해하고, 사회에서 나의 위치를 이해하는 일이다. 그 이해를 바탕으로 사회로 나아갈 수 있다.

어떻게 보면 뚱딴지같은 소리라고 할 수 있다. 그렇지

만 이 부분을 잘 이해할 필요가 있다. 어찌 보면 고립된 사람은 사회에 얌전히 순응하는 것을 거부한 것이다. 그렇지만 사회에서 활동하는 반골이 되기도 거부한 사람이다. 우리 사회에서는 정답을 요구하는 성향이 강하다. 그런 상황에서 머리로는 사회에 순응해야 한다고 생각하지만, 자신의 성향이 그렇지 않기 때문에 어쩔 수 없이 숨어버린 것일 수 있다.

당사자도 부딪치다 보면 언젠가는 사회에서 자신의 자리를 찾아갈 수 있다는 믿음이 있어야 하고, 사회에도 그런 자리가 있는 희망이 있어야 한다. 그 과정에서 충돌은 어쩔 수 없다. 다만 사회에서 겪는 갈등을 너무도 당연하게 여기는 풍조가 강하다. 고립에서 나오려는 사람은 모두가 처음을 겪고 있다. 적어도 아픔을 공감하기 위해서 자신의 처음을 기억할 필요가 있다.

재고립을 어떻게 이해해야 할까?

비교적 짧은 기간 고립을 한 사람들은 사회에 나가서 금방 적응할 수 있다. 그 기간을 소위 말해 잠수를 탔다고 표현할 수 있다. 그렇지만 오랜 기간 고립했거나, 어렸을 때부터 은둔한 경우에는 사회에 적응하기가 쉽지 않다. 나의 실질적인 은둔 기간은 다 합쳐서 2년 남짓이다. 나머지 기간에는 어떻게든 사람을 만나려고 했고, 그때마다 별다른 소득이 없어 좌절했다. 그런 상황으로 인해 장기간 고립 생활을 하게 됐다.

재고립을 하지 않으면 좋겠지만 사회생활을 하면서 시행착오를 겪을 수밖에 없고, 고립 경험을 한 사람이 다시 고립을 택하는 것은 쉬운 일이다. 고립을 회피 수단으로 볼 수 있어도 누군가에게 있어서는 어쩔 수 없이 하는 선택이다. 물론 고립하는 것 자체가 사회 적응에 어려움을 주기에 권장할 수 있는 것은 아니지만, 그래도 쉬어가는 시간이라는 인식이 있어야 한다.

고립을 하다 나오면 주변에서는 그 사람이 곧장 일을 할 것이라고 기대한다. 그렇지만 장기간 고립을 한 경우에는 사람 사이에 섞여 있는 것조차 어렵다. 그렇기에 곧장 일을 하는 것이 어렵다. 그런데 사회에서는 막상 부딪치면 어느 정도 적응할 수 있다는 믿음이 공유되고 있다. 아예 초보자에게도 그런 식으로 적용하는 경우도 있다. 사람이 하는 일이 다 비슷해서 웬만한 일은 누구나 마음먹으면 할 수도 있다. 그렇지만 고립 경험이 있는 사람의 경우에는 일 뿐만이 아니라 사람들과 얽혀야 하는 것부터 과제다. 애초에 사람들의 눈치를 보느라 다른 부분을 신경 쓰기 어려울 수도 있다. 그런 상태에 마음이 약하기 때문에 작은 실수에도 죄책감을 크게 느낄 수 있다.

고립 이전에 몇 가지 일을 했을 때는 어느 정도 일을 알려주기도 했지만 대부분 알아서 해야 하는 경우가 많았다. 그렇지만 나는 일을 완벽하게 해야 한다는 생각이 강해서 적당히 요령 피울 줄을 몰랐다. 그러다 보니 성실하다는 이야기는 들었으나 스스로는 이미 한계에 다다라 버티기 어려웠다. 한편으로 사람들이 말하는 어떤 것이 올바른 것인지 판단할 수 없었다. 내가 중심을 잡을 수 있었다면 차라리 나았을 텐데, 어른이라 하는 사람들이 서로 앞다투어 모순된 말을 늘어놓았다. 그런 부조리함이 있을 수밖에 없다는 것을 알았다면, 그냥 받아들이고 말았을 텐데 그때는 그렇게 마음대로 되지 않았다.

고립 경험을 한 사람을 대함에 있어 사회초년생을 대하는 것을 생각하면 된다. 하지만 다른 사람이 그만큼 배려해줄지는 알 수 없다. 더군다나 이제는 사회 진출을 위해 워낙 다양한 과업을 수행해야 하다 보니 초반을 놓치게 되면 그다음 것들을 익히는 데에는 그만한 시간이 걸린다. 결국 한 번 뒤처지면 계속해서 뒤처질 수밖에 없다.

그럼에도 고립된 사람을 재촉해서 해결될 문제는 아니다. 만약 인생이 순위를 다투는 경주라고 한다면, 늦게 출발한 사람은 이미 늦었으니 차라리 포기하는 게 더 합리적인 선택처럼 느낄 수 있다. 더군다나 보기에는 천천히 달리는 것일 수 있어도 당사자는 최선을 다해 달리고 있는 것일 수 있다.

결국 이는 시간이 필요한 일이다. 고립 당사자나 주변 관계자도 이 점을 유의했으면 한다. 당사자가 다시 고립을 택해도 스스로를 너무 자책할 필요도 없고, 용기를 잃지 않았으면 한다. 주변 관계자의 경우에는 한 번 나오면 다 됐다고 생각했는데 다시 고립을 하면 맥이 빠질 수밖에 없다. 그렇지만 그것도 사회에 적응하기 위해 거쳐야 하는 과정이라고 생각해야 한다. 애초에 고립된 사람을 꺼내기 위해서는 고립된 기간이나, 그 이상의 시간이 걸릴 수도 있음을 염두에 두어야 한다.

이것이 시간이 필요한 일이라면 사회적으로 최소한의 안전장치는 있어야 한다. 그렇지만 아직까지 재고립 문제에 대한 인식은 미약하다. 고립 경험을 한 사람이 그저 프로그램을 체험하거나, 교육을 듣고 나면 금방 사회로 나올 것이라 기대한다. 비교적 가벼운 고립 상태에 있는 사람들은 그게 도움이 될 수 있겠지만, 고립 기간이 긴 사람은 그런 분위기에 압박을 느껴 다시 숨을 수 있다. 사회에 다시 나왔을 때 걸림돌이 되었던 것 중 하나가 나보다 잘나보이는 사람들이다. 그런데 사회에 나가면 모든 사람이 앞서 있는 것 같아 금방 좌절감을 느낀다. 개인은 그

좌절감을 잘 다스려야 하고, 사회는 쉽게 좌절하지 않도록 도와야 한다.

재고립과 재참여

　니트컴퍼니 18기에 참여했다. 그런데 이번 시즌의 경우 기존 니트컴퍼니 참여자의 신청율이 절반에 육박했다고 한다. 이곳의 재참여율이 높을 수밖에 없다고 생각했다. 니트컴퍼니 프로그램에 참여했던 A와 D도 이번에 다시 프로그램에 참여를 신청했다. 프로그램이 끝나면 혼자 활동해야 하다 보니 소속감을 원해서 기존에 하던 대로 신청한 것이다.

　원래 하던 프로그램에 다시 참여하려는 비중이 높으면 좋은 게 아닌가 생각할 수 있다. 그렇지만 운영하는 입장에서는 좀 다르다. 이 프로그램을 운영하는 목적은 루틴 활동과 정서적 교류를 통한 고립감 해소다. 프로그램 도중에는 이 목적을 어느 정도 이룬다. 그러나 프로그램이 끝나고 나면 당사자는 다시 고립감을 느낀다.

프로그램은 사회적 처방으로서 기능하지만, 완전한 해결책은 되지 못한다. 물론 이러한 과정을 여러 차례 경험하고 나면 정서적으로 더 단단해지고, 마음 맞는 동료를 찾아 더 용기를 낼 수도 있을 것이다. 그렇지만 기존에 활동하는 인원의 비중이 지나치게 높아지는 경우, 프로그램에 참여하는 신규 참여자들은 참여할 기회를 잃고, 참여한다고 해도 기존 참여자와 어울리기를 어려워 할 수 있다. 그렇기에 프로그램 운영자도 어느 정도 인원의 비율을 맞추려고 한다.

그렇지만 기존 참여자들의 재참여가 프로그램의 실패로만 볼 수 있을까? 프로그램이 끝나고 설문을 하면 대부분의 사람은 프로그램을 통해 활력을 얻었다고 답한다. 문제는 프로그램 기간이 한정되어 있다는 것이고, 끝나고 나면 다시 원래 상태로 되돌아간다는 것이다. 물론 그 사이에 사회에 나갈 힘을 얻어 다시 취업하는 경우도 있고, 자신감을 얻어 새로운 진로를 찾는 경우도 있다. 그렇지만 그런 경우는 현실적으로 드물다.

이를 위해서는 하나의 가설을 세울 수밖에 없다. 보통

얕은 고립감을 느끼고 있는 사람이라면 이런 프로그램을 통해 금방 회복을 하고 다시 사회에 나올 수 있다. C의 경우 오랜 직장 생활 후 퇴사를 한 뒤 고립감을 느꼈다. 이후 니트컴퍼니 활동을 통해 새로운 길을 찾은 경우다. C의 경우 프로그램이 없었다 하더라도 고립에서 금방 빠져나왔을 수 있다. 그렇지만 그러려면 더 오랜 시간이 걸렸을 수 있고, 어쩌면 장기 고립으로 이어졌을 수도 있다. 그렇기에 니트컴퍼니와 같은 프로그램이 고립감 해소에 도움이 될 수 있다.

그러나 고립의 정도가 심한 경우 프로그램에 참여하는 것만으로 정서적으로 완전히 회복하기는 어렵다. 그런데 이는 프로그램이 가진 한계다. 한 프로그램에서 사회로 나갈 수 있는 용기를 얻은 것만으로도 큰 경험이다. 그런 경험은 고립의 정도가 깊은 사람에게는 웬만해서는 경험하기 어려운 경험이다. 문제는 그러한 경험 이후 사회로 나아가고자 할 때 마땅한 선택지가 없다는 것이다. 누군가는 청년도전지원사업이나 일 경험이 대안이라고 생각할 수 있다. 그런데 고립 기간이 길수록 이런 대안은 연결점이 되기 어렵다. 아직까지 이들을 사회에 적응시킬 만한 프로그램이 개발되지 못한 탓이다.

나는 내일배움카드와 직장 생활 이후 고립이 되었다. 그러다 보니 고립 이후에 사회에 나오기 위해 선택한 것은 공공기관에서 하는 일자리 사업이었다. 공공기관 사업의 경우 근로 시간이 적고, 사람과 깊이 어울리지 않아도 되므로 상대적으로 부담이 적었다. 물론 그것도 어느 정도는 착각이었다. 어쨌든 일을 하면 사람들과 어울려야 하고, 갈등에 부딪칠 수밖에 없다. 그래도 적은 근로 시간이 나에게는 부담이 적었다. 그 후로 일을 할 수 있다는 용기를 얻었다.

고립에서 빠져나온 사람이 현실적으로 택할 수 있는 것은 저숙련 일자리, 청년도전지원사업, 내일배움카드 등이다. 문제는 대인관계 경험이나 일을 한 경험이 부족한 이들이 거기서 적응할 가능성은 낮다는 것이다. 그렇게 되면 오히려 사회에 대한 부정적인 감정이 들 수밖에 없다. 나는 이미 그로부터 실패를 경험했기에 고립에서 나온 후 다른 대안을 찾으려고 노력했지만, 그들의 경우에는 그것이 자신이 택할 수 있는 유일한 길이라고 생각했는데 배신당하면 부정적 감정이 커진다.

그런 점에서 희망을 잃지 않고 프로그램에 다시 문을 두드리는 것은 고무적이다. 적어도 텐션을 유지하면서 다시 무언가를 해보려고 하는 것이기 때문이다. 결과적으로 나 역시 여러 인간관계와 프로그램 경험을 통해 단단해졌고, 이를 바탕으로 사회에 나올 수 있었다.

그러니 발상을 전환해야 한다. 니트컴퍼니의 재참여율이 절반에 육박하고, 고립청년의 재고립율 역시 절반에 육박한다. 이는 고립되는 사람들이 고립에서 빠져나오고자 하는 의지가 있다는 것으로 받아들여야 한다. 한편으로 아직까지 사회가 고립 경험 당사자들을 받아주지 못하고 있다는 것이다.

재고립되지 않으려면

동아일보와 청년재단에서 진행한 설문조사에 따르면 고립을 경험한 사람이 재고립할 확률은 59%라고 한다. 사람들이 이 통계를 어떻게 받아들일지 모르겠다. 단순하게 생각하면 고립을 경험한 사람은 다시 고립되기 쉽다는 정도로 받아들일 것이고, 세심한 사람이라면 다시 고립되기 쉬우면 그에 대한 예방책을 만들어야 한다고 생각할 것이다. 그렇지만 다르게 해석하면 고립 경험이 있는 사람이 다시 고립되기 쉽다면 도와주는 의미가 적으므로 군이 사회에서 도와야 하는가 하는 의문을 제기할 수 있다.

고립을 경험한 당사자들과 이야기하면 자신이 다시 고립될 수 있음을 암시한다. 그들은 기본적으로 사회생활을 늦게 시작했기 때문에 사회에 적응하기 어렵다. 그렇지만 멀리 생각하면 사람은 누구나 고립된다. 늙으면 누구나 혼자가 되고, 의지할 곳 없이 여생을 보낼 수 있다. 그렇지만 이것은 노년을 책임져주지 않는 사회 구조가 문제일 수 있다. 고령화 사회에 접어들면서 노년의 외로움 문제도 불거지고 있다.

마찬가지로 현대 사회가 고립에서 벗어나려는 사람을 도울 수 있는 환경인지 생각해야 한다. 현대의 한국 사회는 경쟁이 심화되었고, 이에 따른 비교 문화가 강하다. 그렇기에 어느 지점에서 자신이 뒤처졌다고 느끼면 포기하기가 쉽다. 고립된 사람 중에서도 이런 사회의 관성을 알기에, 어느 누구보다 뼈저리게 느끼기에 포기한 사람도 있다. 그런 사람이 마음먹고 용기를 내어 사회에 나와도 무엇을 해야 할지 모른다.

당장 생각하기 쉬운 것은 회사에 들어가는 것이다. 우리나라에서는 미취업자를 위한 지원제도가 있다. 보통 사회에 나가고자 용기를 얻으면 지원제도를 통해 교육을 듣고 취업에 도전한다. 그렇지만 사회에서는 그렇게 취업을 해도 손가락질한다. 당장 경력이 없는 사람이 교육을 받아도 대학 졸업자들을 상대하기 어렵다. 갈 수 있는 곳은 한정된다. 그런 곳은 처우가 좋지 않다. 그렇기에 청년들은 낮은 취업률을 보이고 있고, 회사에서는 구인난을 겪기도 한다. 이런 미스매치의 상황을 고립청년으로 채우려고 하는 헤프닝이 일어나기도 한다.

고립청년도 그런 정보에 예민하다. 오히려 사회에서 주어진 평균적인 과업을 거부했기에 고립되었을 가능성도 있다. 또한 고립된 사람 모두가 예민한 사람이라는 것을 염두에 두어야 한다. 한국 직장에서는 이들을 배려할 가능성이 희박하다. 인간관계도 미숙하고, 일의 적응이 느리면 사람들은 그런 행동을 이해하지 못하고 배척한다.

그러다 보니 상대적으로 고립의 경계에 있는 사람들은 단기 일자리를 전전한다. 그러나 단기 일자리는 안정적이지 않을뿐더러, 일의 변수가 심하여 그에 따른 스트레스도 크다. 그럼에도 그러한 일자리도 없어서 못한다. 이렇게 이야기하면 양질의 일자리가 생기면 해결될 일이라고 생각하기 쉽다. 그렇지만 고립 경험이 긴 경우에는 일 경험이나 비정규 계약직이 오히려 사람이나 일에 대한 부담이 적어서 진입하기 쉬운 일자리다. 아이러니하게도 비정규직이 직업의 안정성을 떨어뜨려 개인을 고립시키지만, 누군가는 그게 사회와 연결될 수 있는 유일한 끈이 되기도 한다.

일 경험과 비정규직 일자리 모두를 경험하면서 느낀 것은 나 자신이 사람과 관계 맺기를 어려워한다는 것이다. 고립 성향이 있는 경우 내향적일 가능성이 높다. 나는 낯가림이 심하고, 적응이 느리고, 눈치를 많이 봤다. 그러니 의지가 있어도 착실하게 일을 할 수 없었다. 그럼에도 성실함이 무기라고 생각했고, 그렇게 해서 주변의 인정을 받기도 했다. 그렇지만 그렇게 버티는 것도 한계가 있었고, 대신 사람들과 어울리지 않는 편을 택했다.

한편 나는 작가가 꿈이었고, 또 그것이 아닌 다른 주제에는 별로 관심이 없었다. 사람들과 어울리는 것도 무의미하다고 생각했다. 어차피 나는 언젠가 작가가 될 것이라 생각했다. 책에 관한 이야기를 하는 것이 아니라면 사람에게 흥미가 없어 사람들과 친해지기 어려워했다. 오랜 고립 이후에는 사람들이 일반적으로 즐기는 문화를 거의 경험하지 하지 못했고, 그로 인해 공통사가 적었다.

그래서 대화에 끼어들기 어려워했고, 여러모로 친해지기
어려웠다.

사람과 어울리는 것이 능사는 아니다. 그런 점에서
『저 청소일 하는데요?』의 김예지 작가의 이야기가 흥
미롭다. 작가는 사람을 만나기를 꺼려하고, 그림 작가라
는 꿈을 위해 사느라 다소간의 고립 성향을 보인다. 그러
다 어머니의 제안으로 청소일을 하게 되는데, 그것이 생
각보다 적성에 맞았다. 그 후 청소 일을 하며 그림을 그리
며 산다. 거기에는 가족의 따뜻한 지지와 자신에게 맞는
일자리가 있었기에 가능했던 일이다.

고립이 되는 것에는 환경의 원인이 크다. 그렇기에 거
기에 개입해서 환경을 바꾸지 않는 한 상황이 바뀌기는
어렵다. 이것은 재고립 문제를 생각할 때 염두에 두어야
할 일이다. 일을 하면서 고립감을 느끼는 사람도 있듯이,
고립이 반드시 일자리의 문제가 아니라는 점도 염두에
두어야 한다. 돈을 벌고, 활동 영역이 넓어지면 인간관계
를 맺기가 쉽고 이로 인해 고립감이 완화될 수 있다.

닫으며 - 함께 하고 싶은 마음

　은둔 청년을 돕는 활동가 양성 교육이 마무리될 때쯤 강사가 왜 이 활동을 하려고 했는지 이유를 물었다. 답을 요구한 질문은 아니어서 혼자 답을 생각했다. 처음에는 은둔 당사자를 돕고 싶다는 마음도 있었고, 이들을 더 잘 이해하고 싶다는 생각도 있었다. 그것이 비슷한 경험을 한 당사자로서 할 수 있는 일이지 않을까 싶었다. 물론 프리랜서라 시간 여유가 있기 때문에 활동에 대한 대가를 받을 수 있고, 좋은 일을 한다는데 마다할 이유가 없었다. 그렇지만 교육 막바지에 와서는 왜 내가 이 활동을 시작하려고 했는지에 관해 이유를 잊어버렸다.

　그것은 자신감을 잃었기 때문이다. 은둔하는 사람을 사회 밖으로 꺼내기 위해서는 지속적인 관심과 지지가 중요하다. 사실 이거 하나면 모든 게 해결될 수 있는데 관심을 지속하는 것이 쉽지 않다. 언제까지고 그 사람을 믿어주면서 몇 년이 걸릴지도 모르는 시간을 기다려 줘야 할 수 있기 때문이다. 생면부지의 낯선 사람을 위해 그렇게 믿고 기다릴 수 있을지, 나 자신이 그럴 만한 여유가 있는지도 의문이었다.

한편으로 자질의 문제다. 교육을 통해 들은 활동가가 되기 위해 필요한 조건은 다른 사람을 잘 이해하면서도, 그 사람에게 걸맞은 도움을 줄 수 있는 사람이다. 거기에 애써 조언을 할 필요는 없다. 그렇지만 상대적으로 사회생활을 오래 해서 어느 정도 모범을 보일 수 있는 사람이면 좋을 것이다. 결국 고립에서 빠져나오기 위해서는 사회 적응이 필요하기 때문이기도 하다. 그렇지만 나 역시 고립에서 빠져나온 지 얼마 되지 않은 상황에서 누군가를 도울 만큼의 자질이 있는지는 모르겠다.

반대로 고립 경험이 있기 때문에 누구보다 그들을 잘 이해할 수 있을 것이라 생각한다. 고립 생활을 하는 사람들은 생활 패턴이 비슷해서 교육을 들으면서도 나도 저렇게 생활했었구나 싶었다. 그렇지만 그런 생활을 안 해본 사람들은 당사자의 마음을 공감하기가 어렵겠다는 생각이 들었다. 물론 공감하기 어렵다고 해서 도움을 못 주는 것은 아닐 것이다. 그저 받아들이기만 해도 큰 도움이 될 수 있다. 한편으로 자질과 공감 능력은 대척점에 있다는 생각도 든다. 고립 경험이 있는 사람은 고립 당사자를 공감하기는 쉽지만, 경험이 부족하기에 오히려 잘못된 방향으로 이끌 수 있다.

해보지 않고 스스로 능력이 부족하다고 생각하여 포기하는 것은 회피하는 것일 수 있다. 그렇지만 교육을 받으면서 스스로를 돌아볼 수밖에 없었다. 내가 은둔 당사자를 도우려고 하는 것은 나 역시 같은 경험을 했기 때문으로 설명된다. 그때 필요했던 것은 나와 비슷한 사람의 격려였다. 오랜 기간 고립을 했지만, 사회와의 연결망을 완전히 끊은 것은 아니었다. 가끔 친구를 만나기도 하고, 모임에 나가거나, 블로그에서 사람들과 소통하기도 했다. 각각의 인연을 통해서 여러모로 도움을 얻었다.

그 중 내가 가장 위안을 얻을 수 있었던 곳은 블로그였다. 블로그를 통해서 독서라는 비슷한 취미를 갖고 있는 사람들을 많이 만났다. 그들은 내가 쓴 일기를 통해 내 삶을 간접적으로 들어주었고, 때때로 내가 힘들어하는 글을 올릴 때마다 댓글로 나를 위로해 주었다. 그 당시에는 별로 힘들다고 생각하지는 않았기에 그런 위로가 뜬금없다고 느낄 때도 있었지만 한편으로 위안이 되었다.

사회에서는 온라인에서 활동하는 것을 부정적으로 생각한다. 자신과 비슷한 취향의 사람들과 지나치게 어울리면 확증편향이 강해질 수 있다. 그렇게 되면 오프라인에서도 자신과 생각이 비슷한 사람이 아니면 피하게 된다. 현실에는 성향이 맞지 않는 사람이 많다. 그것이 현실이기 때문에 현실을 살아가기 위해서는 다른 사람들과 어울릴 필요가 있다. 그럼에도 현실에서 마음 맞는 사람이 아무도 없을 경우 온라인으로만 연결되면서 자신만의 성을 쌓아간다.

나는 블로그를 통해서 위안받았고, 그 세계에 몰입했다. 세상에도 나와 비슷하게 생각하는 사람이 있다는 것에서 위안받았다. 만일 그런 사람이 인터넷에서도 없었다고 한다면 계속 살아가기가 힘들었을 것이다. 그렇기에 나 역시 나와 비슷한 사람에게 같은 경험을 한 존재가 있다는 것을 알리고 싶었다.

그렇지만 조심스럽게 접근하고 싶다. 고립·은둔 관련 기사나 영상에 달린 댓글에서는 종종 자신도 고립 경험이 있지만 극복했으니, 현재의 당사자들도 극복할 수 있을 것이라 위로한다. 어떤 점에서 동질감을 느꼈기 때문에 응원하는 마음에서 한 말이라는 것을 안다. 그렇지만 고립에서 벗어난 순간 이미 고립 중인 사람들과의 입장이 다를 수밖에 없다. 그들도 고립 당시에 자신이 했던 이야기와 비슷한 조언을 들었다면 받아들이지 못했을 것이다.

그러니 기회가 된다면 그저 같이 시간을 보내면서 그들이 하는 이야기를 들어줄 것이다. 거기에 어떤 도움을 줄 수 있다면 도울 것이다. 물론 한계는 있겠지만 내가 할 수 있는 선까지는 도우려고 할 것이다. 그렇기에 관련 활동을 꾸준히 이어가고 싶다. 그래서 나중에는 고립에서 벗어난 사람들끼리 모여 단체를 설립하고 싶다. 같은 경험을 나누는 기회가 우리가 서로를 돕는 가장 큰 힘이 될 것이다.

연결로 끝나는 고립 생활

발행일 2024년 11월 1일
지은이 추승현
펴낸이 추승현
표지 디자인 danuyu
펴낸곳 수다판
이메일 diaaid@naver.com

ISBN 979-11-980622-4-6(03810)